情绪力

从内心开发天地

澄海 著

生活·讀書·新知 三联书店

Copyright © 2025 by SDX Joint Publishing Company.
All Rights Reserved.
本作品版权由生活・读书・新知三联书店所有。
未经许可,不得翻印。

图书在版编目(CIP)数据

情绪力:从内心开发天地 / 澄海著. -- 北京:生活・读书・新知三联书店, 2025. 9.
ISBN 978-7-108-08154-4

Ⅰ. I267.1

中国国家版本馆 CIP 数据核字第 2025045KS7 号

策划编辑	唐明星	
责任编辑	刘子瑄	
装帧设计	鎏　金	
责任校对	张国荣	
责任印制	李思佳	
出版发行	生活・讀書・新知 三联书店	
	(北京市东城区美术馆东街 22 号 100010)	
网　　址	www.sdxjpc.com	
经　　销	新华书店	
印　　刷	河北鹏润印刷有限公司	
版　　次	2025 年 9 月北京第 1 版	
	2025 年 9 月北京第 1 次印刷	
开　　本	787 毫米 × 1092 毫米　1/32　印张 6.5	
字　　数	86 千字　图 39 幅	
印　　数	0,001-4,000 册	
定　　价	69.00 元	

(印装查询:01064002715;邮购查询:01084010542)

目 录

自序：了解情绪，掌控情绪　　　　　　　　　1

01　多做正面情绪反应　1

如果能够迅速地将心平静下来，进行深度的反省，这时潜藏的般若就能发挥主导的力量，启动右脑的功能。

02　品味宇宙是大爱　6

安详从未离开我们，就在内心深处，在右脑的神经回路中，在那个永远保持着赤子之心的意识里。

03 耐心地改变自己   9

自我期许或自我赞美,是迈向正面态度的重要推手,也是点亮思考的种子,更是灵感之泉,请不要忽略掉。

04 禅翼飞翔   12

混沌未开的世界是活泼、开放的世界,只有那里才可以把我们的精神纾放出来,没有什么顾忌或犹豫。

05 心灵健康才能促成身心健康   16

反躬自省,省字是醒,要从反省中产生新的生命。

06　笑言笑语　　20

如果能够获得八分的自在自由，那些绑住心灵的业网也都消解了。

07　伪笑不是笑　　23

要真正地笑，把内心的污垢洗刷掉，把人我的距离缩短，笑是人类彼此沟通的最真诚的桥梁。

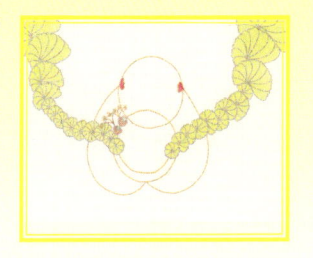

08　人人膝下有黄金　　26

我们的心智必须接受各种刺激才能成长，不然会趋于停滞，停滞是安于现状的心理现象。

09 生活质量与安详　29

习惯于正面情绪的培养，树立正面的人生观，是稳定安详的前提，也是自我检测生活质量的好方法。

10 春城满飞花　32

把负面情绪摆开，进入正面情绪的大厅，随时让你发挥安详的能量。

11 心态影响健康　36

身心健康由自律神经的健康程度来决定，平常说提高免疫力，其实就是提高自律神经的良好运作状态。

12 心智不能退休 　40

不断地接受新知识冲击,经常让思维模式富有弹性。

13 捉摸不定的情绪 　43

情绪的起伏几乎伴随着人类的生活史,须臾不离也。

14 情绪的转化靠理智 　46

去垢到某个程度,心灵就会呈现那片晚霞的灿烂啊!

15　从细胞说起　　　*49*

唯有回归和谐的中道,才是善待一切应有的心态。

16　感恩是人生的甘草　*52*

自然法则中最重要的因素是感恩。

17　第一念的质量非常重要　*56*

积极态度一旦养成,从事念念自知的"知非即离"就容易多了。

18　从因缘法中向众生学习　59

感谢缘生的可贵，是基于内触因缘的不可思议。

19　菩萨无所不在　63

安详的生物能量应该对社会有更多的贡献。

20　随时让我们感动　67

感动是欣赏能量的原动力，也是创造力的诱因。

21 选对了自己的位置 70

富足或贫穷都是心念的扩散而已。

22 了解自己的情绪 73

我们日常生活中经常出现各种情绪，情绪是行为的源头。

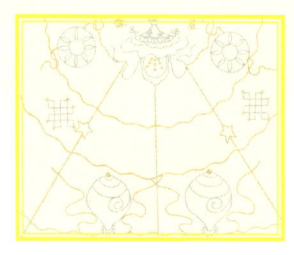

23 尊重别人的态度 76
也是改变

谦虚就是必须培养的美德。

24 情绪与精神力量 *79*

正面情绪发动的念头是健康的、积极的、有建设性的。

25 心的磁场 *82*

安详的强度与心的磁场波成正比,所以说一观心就有一分功德,心的磁场当然会因正面情绪而增强。

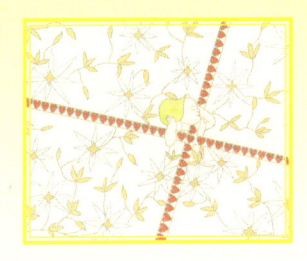

26 安详是大脑活化的源泉 *85*

行为的改变不仅扩大了习惯的内涵,同时产生了新的人格特质,不仅让大脑的神经回路增加了,也活化了沉寂的回路。

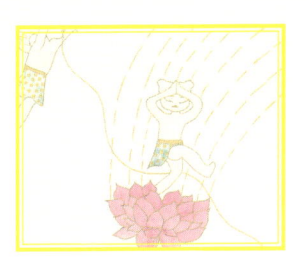

27 人格特质与行为 88

人格特质是经过长时间累积而成的，自然会在行事风格上表现出来。

28 行为改变是身心的改变 91

改变态度就是改变行为习惯。

29 完成法的人格化 98

一旦人格改变，气质就雍容高贵了，吐属别有一番令人赞赏的风味。

30　"帝网重重"　　*101*

只要能通过宇宙能量场，可以随时随地存取任何想要的信息。

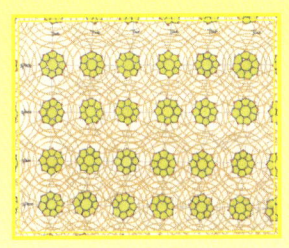

31　航向内心世界（一） *105*

任何情绪都源自过去岁月残留的伤痛印痕，在藏识里埋下了种子，现在借机遇缘冒出头来。

32　航向内心世界（二） *108*

尊重你的每一个念头，它在引领你与宇宙同步，与全人类同步。

11

33 时间的思考　　113

时间与空间就是意识的制约，当我们身陷其中时，便失去了认清事实的能力，只能见到假象。

34 跳开时间的制约　116

要重新认识生命是开放的、无尽的。

35 过去的经验拧乱了　119
　　心的面貌

反省是连接过去的错误行为，尽可能找出原因，将根株斩断，使藏识中不再存有类似的无明种子。

36　从内心开发天地　*123*

自我实现的最高层次是心灵的健全发展。

37　随时重新出发吧！　*128*

随时将心灵领回那片宁静祥和的地带，那里可以建立宁静的殿堂。

● **附录**

反省的进程   *133*

反省并不能只看见表层病兆，还得往母株探，直入病根。

反省知多少   *138*

反省是一段段自我挑战的历程，从情绪的改变，到生理、态度、行为、人格、信仰的改变，最后是气质的改变。

● **读后感受**

工作中多一点理解，生活中就多一点芬芳	若水	147
安详即天堂	王帅	155
掌控情绪之正面反馈	余桂芬	160
感恩	项项	165
奇妙的相遇	彦姝	167
掌控情绪际，修行切要时	法如	170
人生的另一种可能	玉如	179
超越情感，升华生命	妙雨	187

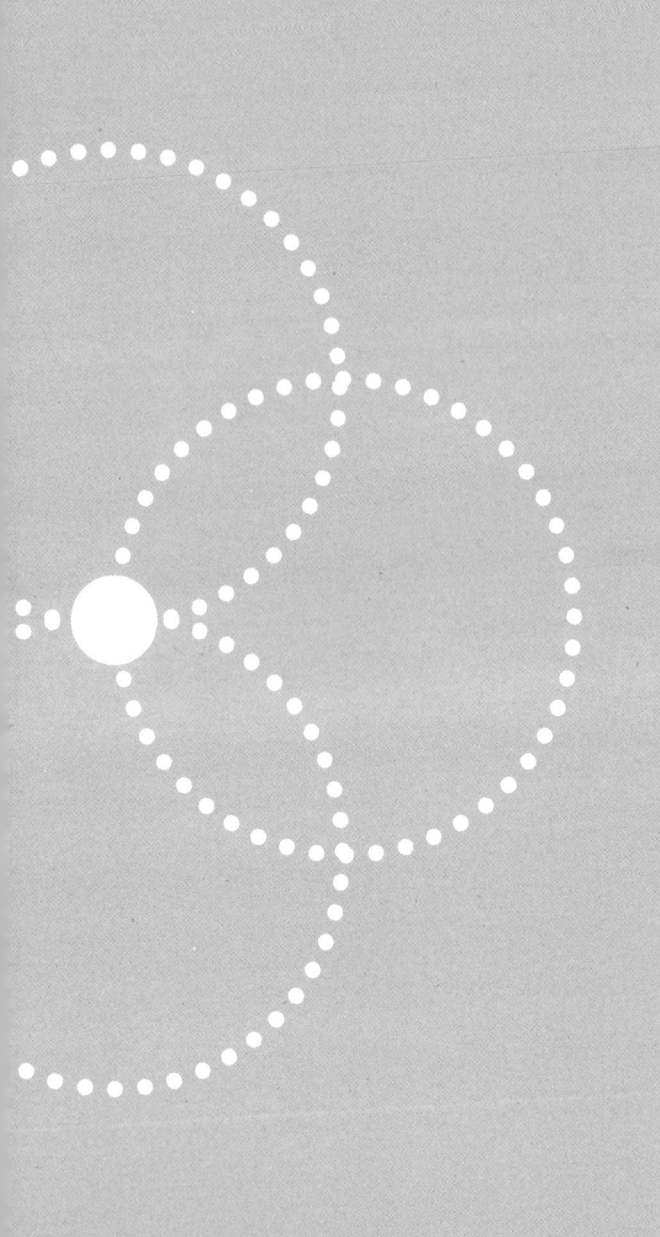

自序　了解情绪，
　　　　掌控情绪

● 修行这个名词经常和宗教挂钩，人们以为只有重视宗教情操的人才会修行，这是一种误导。修行是修正念想和行为，用现代认知心理学来讲，行为的背后是思想，思想的背后是一连串的思考运作与情绪控制，因此必须了解情绪的发动原因以及情绪延续的生理反应。

因此，修行本来就是一般人应该时时注意自己的行为改变以及人格的养成。宋明理学家以天下为己任，因此认为孔孟的学说有待详加研究，就提出了"变化气质"以及"致知"的两大套方法，那就精密多了。如果以现在脑神经科学、分子生物学、认知心理学所综合的研究成果来看，那就更具科学性了。

尤其谈到宗教,总会涉及反省忏悔,有些晦涩不明,但借助心理学就容易明白了。尤其情绪牵涉人类的基本心理反应,再影响生理机制,这是一连串的发展过程,如果能够彻底了解,对心智发展以及人格的培养就会有帮助。

禅宗讲"悟后起修",这绝大部分与心理学有关,了解心理学就可以主宰"心国"了。其余有关藏识及轮回问题,专属于佛教深层研究的领域,是现代科学知识不涉及的部分,虽然这些问题不够清晰,但研究的基点还得从心理的层面逐次展开讨论。

本书是杂谈,不是专论,但对了解身心变化还是有帮助的,它在修行上开辟了一条道路,可以明确地检测与改正自身问题,让心理走向健康。然后"保任"才有可能落实,所以笔者将自己亲身经验写下来,书中所有的错误都是笔者的晦暗面,绝对不是影射什么,如果有相同的经验,那就可以坐下来谈谈,而且会感到亲切吧!

附录为郑妹珠老师与笔者共同参禅的心得二篇,一并提供给大家指正。

遗憾的是，肯在"友直、友谅、友多闻"中切磋的人不多，因此，很难找到这类纯个人经验的意见交换，毕竟肯真诚修行的人少之又少。

如果读者对情绪与行为想有进一步的认知，纠正常有的偏见，我们乐于建议阅读《思考，快与慢》(*Thinking, Fast and Slow*)，作者丹尼尔·卡尼曼（Daniel Kahneman）教授是2002年诺贝尔经济学奖得主，他极细腻地剖析情绪与行为的关系变化，有助情绪与人格养成的探讨与研究。

借助这些知识来做自我的深度反省，会获得身心的舒畅，故而，耕云老师强调："法可以改变人的气质、性格，乃至改变生命体中的细胞，整个人的身心都会起变化。"以此相勉。

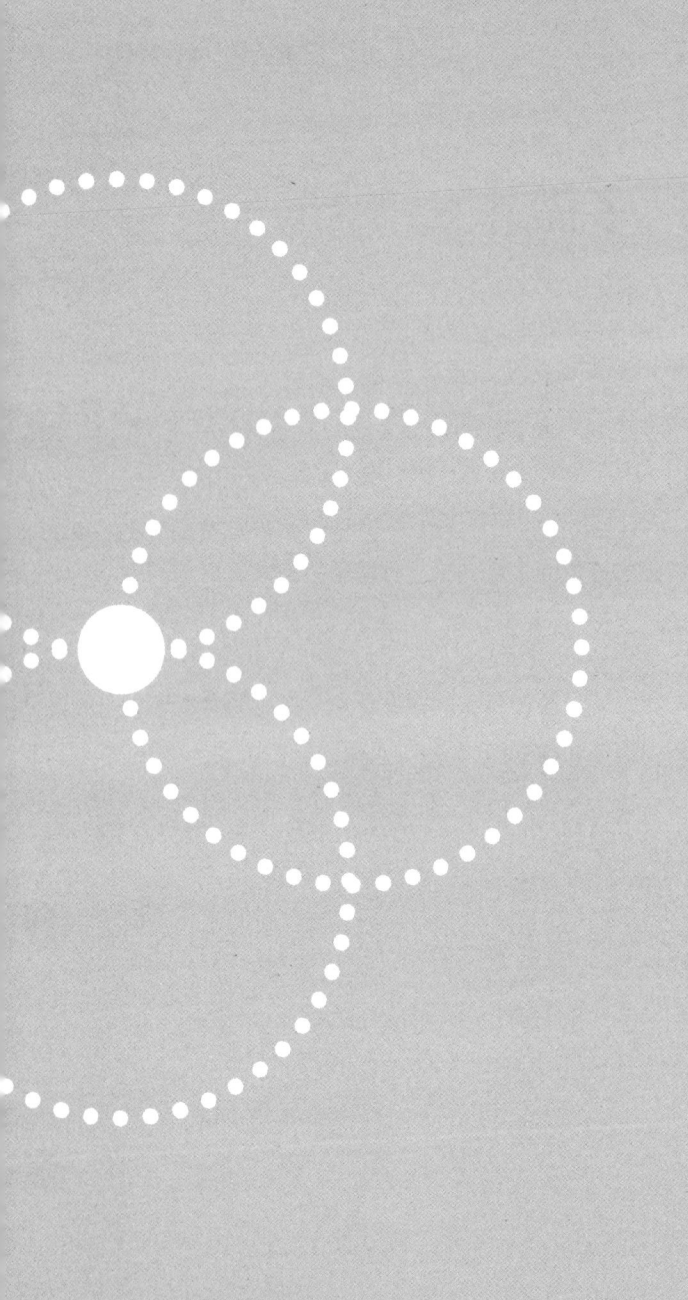

01 多做正面情绪反应

> 如果能够迅速地将心平静下来,进行深度的反省,这时潜藏的般若就能发挥主导的力量,启动右脑的功能。

● 修行的过程中,我们要观察自己:负面情绪是否变少了,正面情绪是否增多了,一直到负面情绪变得非常少,经常显露着正面情绪,人生的负面态度少了,经常保持正面的态度,积极地投入安详活动,关怀周围的人群。

有没有这种心态才是检测自己的安详是不是进步的尺度,因为安详离不开正面情绪,当然少不了积极的态度。而且情绪变化的情形,在日常生活中每时每刻都可以被掌握。假如连自己情绪的变化都不知道,那是失觉!知道了而不能掌控,那是失能!让情绪起起伏伏,那是意志力不够的昏沉!

情绪起来了能不能掌控，大概只有90秒钟，过了这段时间不能掌控的话，这个情绪就会转化为生理反应，把你卷入其中，造成生理反应。例如，当我们听到批评的话，是不是可以忍受，大概只有90秒钟，如果可以忍受并消化，也许只要3秒钟、5秒钟，也许需要思考、分析，但时间不要超过90秒钟。超过了90秒钟，接着便是情绪化的生理反应。

你会感觉不舒服，因为那个批评伤了你的面子、自尊，因为那个批评太过恶毒。情绪开始波动，让神经回路连接到反击区，你会开始咒骂，感到愤怒，或是诉苦，甚至当面辱骂，写成文字辩驳。一大堆的反击都是情绪失控的结果，找些片面的理由做自我防卫的表现，目的在于摧毁对方。

安详会不会失掉，就在这个关键的90秒钟内。

如果能够迅速地将心平静下来，进行深度的反省，这时潜藏的般若就能发挥主导的力量，启动右脑的功能。右脑相当于第八识，它充满了和平、友善、喜悦而且童稚的心态，那里没有相对概念的意识。它的升起能让左脑的正

01 多做正面情绪反应

面情绪加分,并启动左脑的正面情绪的神经回路。

关于深度的反省,也就是无相反省、因缘观反省等,不在本文论述的范围。

这种情绪掌控能力强化了以后,就要进入"第一念"的观察自照。

正面情绪不断增加,表示掌握心念的力量愈来愈大,心量也愈来愈大,从此就拥有迅速批判第一念的能力。所谓第一念,是指对主体事件升起的第一个念头。

我们运用思考解决问题,当然面对的是问题。问题就是主题,有了主题才会牵动情绪,也就是面对问题的态度。情绪是态度的意志指向。

面对问题,一般有正负情绪产生的两种可能。负面情绪一旦起来,我们要立刻截断,不可以让它滋长,关键的时间只有90秒钟。过了这段时间,负面情绪没有消掉,负面态度随着产生,这样,我们会陷在问题的旋涡中,引发情绪失控的连锁反应,问题就会一直困扰我们,心就不得安宁。

我们必须迅速转化为正面情绪，天无绝人之路，安详心态增加，解决问题的能力相应增加，新的观念或积极的观念会不断地出现，问题在短期内可以被解决。

我们在日常生活中面对各种批评，要建立正确的观念。所谓批评，即批驳和评量。批驳是提出反对看法；评量是提出标准，公平衡量轻重。对只批不评的，大可不必计较，因为这是无理取闹，故意这样来提高自己的分量，引起注意，是一般影艺人员最常运用的广告宣传方法。

对有批有评的，就要冷静地分析，有则改之，无则加勉，也可以做适当的说明。如果评量的标准是无知或片面的，就可一笑置之，不值评论，评论反而增加了意识的相对反应，安详失掉了。

有接受批评的雅量，才能走入反省忏悔的境界。自我反省能量少，只有在良师益友的帮忙下，才能迅速找出毛病，提出解决的办法，事半功倍，并且建立谦虚的态度，摧破我执。

耕云老师于《安详之美》即说："他每一秒钟都活在安详里，他没有不满、没有怀疑、没有嫉妒、没有牢骚、

01 多做正面情绪反应

没有抱怨、没有愤怒、没有恐惧,所以他是活在满足中,他的人生是享受的人生。"

对负面情绪,要真诚正确地对待批评,才能找到回家的道路,否则,"到了环境低潮,产生一种压抑感的时候,我们就会愤怒,或者就会悲观乃至沮丧。这都是说我们在受官能的支配"。观心反省要注意到这一点。

负面情绪与态度当然会使人失去安详,"同时便会褪失了生命的华彩。是女孩子,不会再容光照人;是男孩子,就面目可憎。用通俗的话说:这个人就现出衰相……生活就变得黯淡,就充满了矛盾、挫折、无奈"。情绪导致行为,行为的背后是一连串负面价值的体系。如果不知自己如何,只要看看围着你的亲戚朋友,他们有什么心态,正是我们心态的反射:物以类聚。

安详是生命力的扩张与升华,如果自己侦测到这股力量,那要恭喜;如果环境中都是喜悦、乐观的情绪,那要赞美;如果发觉安详不断伴随着生命净化,那要赞叹;如果说三昧耶持续恒常,那得要天女散花了!

02 品味宇宙是大爱

安详从未离开我们,就在内心深处,在右脑的神经回路中,在那个永远保持着赤子之心的意识里。

● 宇宙是由粒子组成的,1970年以来,粒子物理和宇宙学相结合,奠定了粒子宇宙学的基础,这一理论几乎成为物理学的定论。生物也是由基本粒子组成的,你会想象:生物与宇宙结合,会发生怎样惊天动地的事呢?我们人类也是生物啊!

这就是为什么,我们对分子生物学的发展一直保持支持与乐观的态度,但是对它主张的"原始汤"理论总不那么相信。生命既是创造者也是被造者啊。

02 品味宇宙是大爱

吉尔·泰勒（Jill Taylor）在她的《半脑世界》中说：

> 我们的右脑能感知大图像，知道我们周遭、我们本身、我们之间，以及我们体内的所有事物，都是由交织成宇宙锦绣图的能量粒子所组成。既然所有事物都环环相扣，那么，"我周遭以及我体内的原子空间"与"你周遭以及你体内的原子空间"之间，都有一层亲密的关系：不论你我身在何处。

心念是我们精神活动中非常细致的能量，尤其是关怀、祝福、祈祷这种无私的念头，应该可以通过粒子传递到对象上。我们的意识如果从真我发生，能量是真我的一部分，质量很高，可以迅速传递给对方，而产生磁性共振，这是合理的，当然也是可能的。

通过纯洁的安详，甚至在一个人意识还清醒、尚未昏迷的时候，在其眉间轮，虔诚地持诵《往生咒》，一般可以帮助他们上升至天上界，这不是太神秘的事了吗？你知道生命是不会死亡的，将安详的能量灌输到他的生命中，不也是尊重他的生命，正如尊重我们自己的生命吗？

安详从未离开我们，就在内心深处，在右脑的神经回路中，在那个永远保持着赤子之心的意识里。最好的方法，是向大爱合一，与宇宙联合，向零极限借光，只有这颗赤子之心才能与他们在一起合奏安详之歌：无上瑜伽。

现在我们应该懂得无修之修，"因为开悟不是一段学习的过程，而是不学习的过程"。要学习的是放弃以第七识为主的种种小我观念，放弃它、修正它，这就是无修之修。

安详也只在当下，我们要放弃让心思不停竞奔的神经回路，不要做种种回忆，那牵绊着心灵的安宁，也不要计划未到的私欲，那会慢慢地腐蚀心灵的平静。活在当下，与大爱联合，与宇宙和谐。如果愿意的话，选择一项人生奋斗的目标，与安详联合，将人生与安详联合。千万不要只在嘴巴上嚷嚷安详；不要只在心中嘀咕安详，早点与大爱联结吧！

03　耐心地改变自己

自我期许或自我赞美，是迈向正面态度的重要推手，也是点亮思考的种子，更是灵感之泉，请不要忽略掉。

● 上次我们谈到念头起来，只有90秒钟可以审查，超过了就被这个念头带走了，所以要把念头转向正向的时间只有90秒钟。这是念念自知初期训练的关键时刻，把握念头是一回事，要转念是另一回事。

转念是考虑把念头杀掉，例如妄想、恶念，当然要把它砍掉。如果是无意义的念头，例如突然想起一件有趣味的事，和现在的生活主题没有关系，就要砍掉，不要陷溺在回味中。如果是持续性的正念，最好要有一张纸和一支笔，慢慢地思考，顺便用简单的线条或文字，做逻辑性的思考，想到哪里，记录到哪里。

如果想不出答案，做简单的择要，停止不想；如果可以做出答案，就迅速地得出结论，再从结论分析出细节，再来就是执行、检讨和贯彻了。

通常检讨得愈详细，分化出实行的步骤的细节愈清楚，贯彻的机会愈大。得出了结论，请不要忘了说声谢谢，感谢我们的心智，自己赞自己，让安详洋溢。

自我期许或自我赞美，是迈向正面态度的重要推手，也是点亮思考的种子，更是灵感之泉，请不要忽略掉。

把念头从发觉、检讨到改变，进而变成习惯，这也是非常重要的。新习惯的养成，也是人格的培育，生处变熟。通常习惯的养成有几种时间：建立行为习惯约需要1个月；让身体运作习惯约3个月；思考惯性约6个月。

所以，对自己或家人，要培育一段"实习时间"，慢慢纠正，不要急，以为马上可以改。圣人改过也要有一段时间的自省，只不过他们自省能力强，改过的过渡时间比

03　耐心地改变自己

较短而已。

从旧习惯改为新习惯，除了时间因素，还要有步骤，分析要项，逐一改变，一步一步踏实地去做。同时，不要有太多的项目，一两个就够了，改变的经验愈丰富，对新观念的接受度愈高，要变化气质就愈快了。

做过两三次改变行为习惯以后，才能体会念念自知的重要，旧习难改，好像要剥掉皮一样。改变了之后，成果变成心理的推力，接受新观念就容易多了。

改变的推动力是正面态度的养成。

一般来讲，有理性的人要把以前的习惯改掉，挣扎几次后就能达成，但是并不能保证达到正面态度。改掉旧习，要思考什么是正面态度，它怎样代替旧习惯，新的习惯是不是就是正面态度。勇于自省，俭于自视。

请注意我们提供改变的缓冲时间，要决心在那段时间完成改变，不然"歹戏拖棚"，依然故我。

04 禅翼飞翔

> 混沌未开的世界是活泼、开放的世界，只有那里才可以把我们的精神纾放出来，没有什么顾忌或犹豫。

● 混沌未开的世界是活泼、开放的世界，只有那里才可以把我们的精神纾放出来，没有什么顾忌或犹豫。很简单地走进森林，可以看到翠绿中绽放生命的华彩，鸟声、虫鸣及风缕缕地吹唱树叶。每一棵树、每一片叶子、每一朵花或每一个气息都是一体的。

右脑其实经常呈现这样的烂漫，没有个体的存在，只有一个共振的波动，顶多像大海中的船，浮动地呼应大海的共振，产生一体的美好联络，随着大海波动。

可是画面总被第七识粗鲁地划破，它只认得自己，因为自己是唯一的存在，所有的存在只在证明我存在的价值，从而产生自我拥有的欲望，涟漪般地无限扩大，想当罗马帝国的皇帝，想当企业界的成吉思汗，忘记了"一将功成万骨枯"下的众多生命。

文明带来的是对原始而混沌的世界投下燃烧弹，它要重新建构文明的架构，制造文明的信条。音乐是最明显的例子，歪七扭八的，总要把第七识里的各种欲望，通过歌曲传播开来。可是我们却可在原始部落里听到单纯的呼喊，正如原住民音乐的吟唱，其实是多声部的，任何人都可以随性地加入，任何音质都可以找到共鸣，还可以产生变化。

这是素朴的可爱，素朴中留下很多很多的空白，让我们随意进出。宋朝文人钟情于水墨画，特色是留白，留下一大片的空白。通过这些空白才让我们从画走向自然，看见自然，与自然共鸣。

空白也可以让画家留下文字，甚至写一首诗或附记，赏画的人也可以填词作诗。可惜，大家挤在那块空白，把空白填满了，画也窒息了。

山水中的亭阁与人物都很小很小，有些朦胧，因为山水的自然与人的人文本来就混融在一起，万物同根，天下一体。

这些文人平时骂禅批佛，画与诗却不脱禅气，理学家很多很多，著作也多，名气也大，但留给后人的都是字与画，连字也不守常规，迭有创发，像宋徽宗的字，瘦得像竹叶，却也看到叶子的跃动，字变得如小精灵般机灵。

可是中国建筑一直被道家牵着鼻子走，太重形式了，每一座孔子庙，规格都一样，旁边还盖个天圆地方的阁楼，说什么文昌阁。而且很多的聚落群都是依八卦设计的，风水领头，没有什么禅味。台北101大楼可以代表台湾地区建筑的新里程碑，有人说那是宝塔的变形，有人说那是莲花瓣的延伸，总觉得太形式化，没有禅味，但是矗耸的阁楼是向大自然无限延伸着的。

近几年，台湾地区的建筑，如高铁站及高雄捷运站，完全没有特色。尤其是高铁站，本来坐落在广袤的田野间，却突兀地耸然而立，与周遭环境完全不协调，与自然的开放不搭配，一出站旁边就是停车站，出租车横排在那里，私人汽车填满了位置，令人有股来也匆匆去也匆匆的压迫感。

禅脱离了现实，总有点窒息感。连座谈会都有压迫感，讲了几十年的话，都是老套的，禅味像冲泡了几次的茶叶，淡得奇怪。

原因在哪里？第七识强烈了点，让右脑不敢抬头，只好埋在心的深处睡觉。

05　心灵健康才能促成身心健康

反躬自省，省字是醒，要从反省中产生新的生命。

● 反省必须具备诚恳的心，才能深入意识中挖掘出那些深深埋藏的惊恐、无依、无助等心理的潜在压抑，这些压抑在我们童年幼嫩的岁月里埋下了种子，没有办法适当地排除，形成我们长大以后的心理障碍，无形中阻碍了正常的人格发展。

通常的反省绝大部分止于表层意识，很容易让理智做合理的检讨，所以反省的效果都不错。但是这种反省属于表层的意识反省，还没有达到更深层的意识反省，对变化气质帮助不大。

05　心灵健康才能促成身心健康

做深层意识反省，必须有人在旁敲打，而且不能太过火，引起心里不舒服，甚至引发反面的效果，双方必须彼此信任，而且能够逗机单刀直入，这样的效果非常好，反省之后，人格会更上一层楼，那才是真正的反省。

这在科学上是有理论依据的。

身心能量研究的先驱者是奥地利的威廉·赖希（Wilhelm Reich），他认为人体本来富有柔软性，受到后天种种的心理压迫，才逐渐僵硬。个性与身体肌肉的武装或僵硬度连在一起，因为自卫反应而形成身心的特质。他的学生亚历山大·洛温（Alexander Lowen）在一次个别辅导时，躺在床上，双脚平放，膝盖弯曲，以嘴巴呼吸。赖希要洛温做深呼吸，过了一会儿，要他头仰后，睁大眼睛，洛温突然尖叫，但是情感上没有什么反应。重复实验了九个月，洛温才记得这声尖叫，原来是他九个月大的时候，躺在屋外的推车中，一时哭叫妈妈。这个时候，他的母亲匆匆地跑来，眼神发怒，那一刻的眼神让洛温终身铭刻在心中。

情绪力：从内心开发天地

做了几次实验辅导后，洛温就没有发出类似的尖叫声了，因为他已经将内心深藏的恐惧消除了。这些实验研究，让他们建立了生物能量学（Bioenergetics）。

本来人可以像婴儿般哭笑自如，毫无压抑的，恐惧时利用哭泣或抖颤发泄，大人只要轻轻地抚拍几下，就可以舒放心上的压力。但是生长的过程，反而带来太多的干扰，尤其社会习俗、价值观念，常常以半强迫的方式植入脑中，再加上生活的奔波，事事不如意时，总会试图找出一件令人可以扬眉吐气的行为，来掩盖内心的创伤。

反省忏悔如果能够配合现代心理科学——认知心理学的话，大概可以很快地深入内心的核心，逐渐消除积久已厚的心理污垢。当然，事先要学会培养正面情绪的观念，将正面情绪转化为正面态度，从此踏上健全心智之旅；在时机适当的时候，再做较深的意识反省。

请注意，要从事深层意识反省，一定得先做好正面情绪的培育，向自己的心智敬礼，让守护灵启示我们顺利进行反省。如果不打好正面情绪基础，做深度意识反省的可

05 心灵健康才能促成身心健康

能性很低;因为心智不强,情绪不稳定,反省得到的反而是自我强化的固执,我执会更重,甚至怨天尤人。

反省也不是自责,自责中不断地回忆与懊悔,会伤害心灵的平静,更会把心灵引入那段不愉快的人生经验。反省多了,不但伤神,还丧失了生命的价值。反躬自省,省字是醒,要从反省中产生新的生命。

06　笑言笑语

> 如果能够获得八分的自在自由,那些绑住心灵的业网也都消解了。

● 灿烂的笑容、轻柔的声音,再加上从容的态度。只有一句话可以形容这种人格的特质:雍容自在。你不用怀疑,他的确是一位踏上安详之路的领头羊。

"人不能不受身外的干扰或影响,因此很难摆脱烦恼,很难享受自在。尤其想念瞬息不停,片刻难安。一旦开悟,安详充满,有心而无念,即相而离相;心如金刚,外界绝难动摇、左右,而享有自在无碍,独立自由,一切相对悉成统一矣!能长享此境,且无任何疑惑,便是开悟,亦即生命的觉醒。"

获得一分相对成为一分统一，在心灵的推进中，自然享有一分自在的自由，可以从封闭的业网中探首外望。如果能够获得八分的自在自由，那些绑住心灵的业网也都消解了。

没有业网捆扎的表征是笑，从浅浅的微笑，爆发出关怀的柔性感情，缕缕地从心中升起。有趣的是，当我们的舌头不知不觉地抵住上颚，舌尖轻印着上排牙齿，唾液就会增加，而且唾液也带着点清凉的甜味，这里也是气功师所讲的任督二脉的交接点。就现代医学讲，应该是交感神经与副交感神经的辐辏点，笔者不敢妄测，提请仁人君子研究参考。

笑在生理上会引起一连串的反应。首先是脸部两颊的肌肉放松，视觉神经的眼球分泌液增加，同时心的尖端涌出一股喜悦的气息，也就是笑让心开了花，开心、爱心，应该是这样来的。

开心让全身的肌肉放松，喉咙放松，如果延续着无拘无束的笑，笑声是轻盈而清脆的，音质包含了赤子之心的纯真，让人觉得满身的喜悦，这就是开怀畅笑。

笑是人类在演化过程中创发出来的最神秘的动态，混合着善良、体贴、关怀的特质，有很强的感染力，不但一笑解千愁，还会连锁地扩大周遭人员的感染力，共同沉浸在安详的氛围中。

某位教授应邀到某校演讲，上阶梯的时候不慎滑倒，引起学生的哄笑，这是本能的反应。这位教授起身后从容地走上讲台，不慌不忙地说："这就是人生常态，人要学会从失败的地方站起来，因地倒，因地起，不能赖在地上吧！"简单的反应，引发了全体师生的哄然大笑。校长也顺势拿起麦克风说："只要这短短的几句话，就足以证明教授从容自在的修养，也胜于千言万语的解释。我们相信以下的演讲更精彩。"

这个时候，学生挥舞着双手，扬起帽子，整个礼堂里翻腾着无限喜悦的笑声，彼此感染。至今记忆犹新呢！

你会心一笑了吗？

07 伪笑不是笑

要真正地笑，把内心的污垢洗刷掉，把人我的距离缩短，笑是人类彼此沟通的最真诚的桥梁。

● 也许你会燃起一丝怀疑：如果笑有那么好的生命质量，为什么还有奸笑、狞笑、谄笑等没有生命质量的笑呢？

第一种笑是从喉咙发出来的，牵动着牙根的紧绷感，非常不自然。

第二种笑，完全不能让舌尖抵到上颚，上下牙齿之间会留下缝隙，没有连接的媒介。换句话说，任督二脉是分开的，交感神经与副交感神经没有联络，各自独立运作。

情绪力：从内心开发天地

第三种笑是具有操作性的，通过意识的盘旋而后发展出来模仿笑的动作，但是远离了笑的实质内容，只有意识操控着嘴巴的肌肉。

那是伪装的笑！

那是虚伪的笑！

那是违背良心的笑！

如果你足够小心观察与体会，就会发现伪装的笑不可能发出清脆的音律，只能发出浑浊的声音。音质除了浑浊外，还有不连续的特性，一个音阶接另一个音阶，没有整盘地泻出，没有豁然的大笑！

真笑有三种生理要素：第一种是从内心开发出的声音；第二种舌尖会抵住上颚；第三种全身肌肉放松。上述那些笑，符合这三种生理要素吗？

伪装的笑是表面意识发达以后产生的情绪，从第七识里滋长出来，原本的第八识只有单纯的笑，根植于一种无

07 伪笑不是笑

分别的意识,从一片天真的意识中流溢出来,是一种直觉的反应。

只要你细心观察、细心体会,就不但可以了解他人的伪笑,还可以观察自己内心因残缺反映出来的伪笑。你会不会察觉,在我们周遭,有些人从来没有真正地笑过,只有稀薄的没有情感的笑,因为他们从小被压抑的情绪控制,长期无法真正地笑出来。

怜悯他们,开导他们,让他们也可以爆发出灿烂的笑容,你我修行就上路了!

要真正地笑,把内心的污垢洗刷掉,把人我的距离缩短,笑是人类彼此沟通的最真诚的桥梁。

08　人人膝下有黄金

> 我们的心智必须接受各种刺激才能成长，不然会趋于停滞，停滞是安于现状的心理现象。

● 从事反省忏悔，必须注意两点：第一点，把责任、过错归咎于别人，自己从来都没有错，我是大人，他是小人。这种态度根本与反省无关，而是为强固的我执寻找防卫的武器。万般有错，唯朕无辜，明思宗就是典型的例子，连国家都完了，还要错怪别人。

第二点，从反省中寻找自悔自责，痛哭流涕，深悔当初一念之错。前段还不错，错在延续的不断自责，终于又陷入另一场情绪低落的悔恨之中，无力自拔。

08 人人膝下有黄金

反省的目的在于修正不当的思想行为,如果不"修正",反省是假的反省,是口头喃喃地反省。真正的反省,要抱着:"过去种种譬如昨日死,今后种种譬如今日生。"生是继续生命的创发,从错误中尝试新的步骤,改头换面。

这段反省的历程,建立在不断"修正"错误的思想行为的基础上,并且重新建立新的思想行为模型。没有转变,便没有新人格的产生,宋儒称为"变化气质"。阳明先生说:"悔悟是去病之药;然以改之为贵,若留滞于中,则又因药发病。"

如何变化气质呢?宋儒讲"存天理,去人欲",道理很远,用现代的话讲,就是消除负面情绪,走入正面情绪,以积极的态度代替消极的态度,逐渐形成能够真正"放下"的能量,而走向菩萨行。

正面情绪转为正面态度,是心智发展的必要过程。我们的心智必须接受各种刺激才能成长,不然会趋于停滞,停滞是安于现状的心理现象。很多人年轻时对新观念的接收能力及改变态度表现优异,可是在时间的考验下,他们年纪大了,反而陷入停滞,不能接受新观念,这种固执是心智的无形杀手。

反省属于活泼的心智能力,我们平常接收的各种信息都会储存在藏识(侧额叶)里面,经由第七识的选取,然后形成行为的信号。有人说:"能够收集众多信息,使心智活泼的是社会精英,博学多闻;能够将各种信息加以适当组合,成为创造力的是天才。"

当我们运用心智从事反省,而逐步建立了正面情绪(正念)时,储存在藏识里面的旧识(负面情绪)消失了,代之以正面情绪,那么第七识所发动的念头,当然也是正面的。这不是与神联合的天才吗?这样才能"转识成智"。转识成智的表征是人格的提升;人格的提升的表征是谦虚;谦虚的表征是礼人、敬人。

请问:这一年来,你曾经向别人鞠躬过吗?

09 生活质量与安详

> 习惯于正面情绪的培养，树立正面的人生观，是稳定安详的前提，也是自我检测生活质量的好方法。

● 习惯于正面情绪的培养，树立正面的人生观，是稳定安详的前提，也是自我检测生活质量的好方法。一般来讲，心灵的提升稍显抽象，如果从生活质量检讨下手，那就容易多了。

例如，我们把一个月的生活费用归类为：生活必需品、交际应酬、子女教育、自我知识成长、兴趣与专长培养、旅游活动及储蓄。

将关于这些类别的费用累积以后，再以成数比例排列出来，我们可以发现生活质量的内涵。如果精神及自我成长方面的支出偏低，那就应该提醒自己：物化的生活会降低安详的累积，正面情绪的培养太少，生活的内涵应该做一番调整。

除了在生活费用上检测生活质量外，还有另一项重要的指标是朋友的往来及质量。与我们交往的朋友属于哪一类？和他们交往过程中谈论的是什么？有没有积极参与公益活动？有没有及时关怀亲友？

社会上有一句流行语：龙凤交龙凤，鱼蛇交鱼蛇。同类相聚，是很自然的现象，而且从朋友的类别也可以看出自己生活的属性。例如，慈济功德会及嘉邑行善团，是属于公益自发性的团体，彼此的交往可以提升精神的层次；踏青团体、宗教团体、吃喝团体等都有与它们相关的理念支撑，当然会影响生活质量。

将以上两类指标摊开来，大概就可以明白自己的生活质量的特色，生活质量带来人格素养，也决定了影响力。只有改变生活质量才能改变人格。

09 生活质量与安详

  生活质量的提升依靠的是正面情绪的累积成为正面态度,那是肯定自己的人格表现,稳定的人格必然绽放安详的光芒。

  请注意,成功除了自己的努力外,还必须借助别人的协助,多向别人学习,最好的方法是与他为友、以他为师,在亦师亦友中扩大生活领域,也增加智慧的累积。

10 春城满飞花

把负面情绪摆开，进入正面情绪的大厅，随时让你发挥安详的能量。

● 安详要发光发热，做三轮体空的布施，并不需要特别经营。如果安详能量够，法布施就会超越空间与时间，因为"心有灵犀一点通"，你在哪里，安详在哪里，幸福就在哪里，安详的使者一举手、一投足都能散发喜悦的光芒。

如果安详的结构还不太强大，就以小养大，采用积少成多的渐进式吧！做个天女散花似的安详使者，也是轻而易举的事哦！

一定要养成谦卑的态度，静静地听完别人的话，保持微笑，不管内容是否中你的意，都不要做反射作用，训练倾听的耐心，唯有这样才是尊重本心的基本原则；不动道人心，你是修道人，心应该随时保持着深宏的平静。以能问于不能，以能听于不能，是修道人成功的表现。能力不足的人才会挑着半桶水，到处晃来晃去。

不要以为静静地听完人家的话很简单，尤其对一个滔滔不绝、喜欢卖弄学问的人，你要有耐心地听完话，心里又不会自我嘀咕，是很不容易做到的。如果性子稍急，难免会顶上几句或找个理由闪开。

不耐烦的当下流失的是安详。

不耐烦也是我执抬头的表现。

把负面情绪摆开，进入正面情绪的大厅，随时让你发挥安详的能量。

我住在一大堆废墟的旁边，大片被拆掉房屋的空地，旁边是两排地震后的危房，位于城市的边缘。但灵敏的眼光让我捕捉到附近邻居的灵气。一家专门应客人需要而定制的中国服装店，充满了这个城市的庶民文化，不同的设计与剪裁，让我沉浸在设计师的慧根中，经常驻足品赏。

转角的楼下，赫然发现一个玻璃装置艺术的女孩，我特别喜欢玻璃中流动的画面，鲜艳的色彩常常令人跌入幻想的世界。

我拿了一幅颜水龙的画，黄昏时刻、落日之前平铺漫布的光芒，有着不同深浅变化的光彩。"你可以抽个时间，把这幅画设计在玻璃板上吗？"她有点迟疑，最后还是接受了。她问什么时候来拿。我说没有时间限制，那是自我挑战，大小也不拘。她说价格不菲，我说无所谓。能和一位艺术创作者有交集，本身就是一件很美的事。

拐个弯就是一家花店，刚开张不久，驻足看看花花草草，触动的是连绵不断的生命，花草总以最纯真的面貌呈现在眼前，有时候会飞来一两只迷途的黄斑蝶。老板亲切地招呼："进来坐坐，进来看看吧！不要操心是不是买花。"我点点头，跨足入店，店面偏小，她专心地装饰花篮。"喜欢这份工作，因为对象都是美的化身，至少，我的花花草草可以让邻居享有美的品位。"侃侃而谈，好像认识多年了。

再横过两条小街，有家面店，名气很大，得过很多次奖杯，尤其是牛肉面，令人回味无穷。我突然加点了一盘扁干小菜，小妞端来面，客气地说："扁干是辣的，您可吃不来。以前眷村小孩都会吃这个菜，顶下饭的，我把这盘端走吧！"顺手端来一盘豆腐干。蛮温馨。

土亲、人亲，尽管我只是这里的"外来人"。

桃李不言，下自成蹊。你在哪儿，安详就在哪儿。

11 心态影响健康

> 身心健康由自律神经的健康程度来决定，平常说提高免疫力，其实就是提高自律神经的良好运作状态。

● 身心健康由自律神经的健康程度来决定，平常说提高免疫力，其实就是提高自律神经的良好运作状态。自律神经分为交感神经与副交感神经，中医学称为任督二脉。

武术家及气功师说练功在于打通任督二脉，上乘武功以任督二脉打通为首要功课，我曾经向这些气功师开玩笑，任督二脉本来就相通，为什么要绘影绘声地强调打通任督二脉呢？神秘？智慧捞钱？任督二脉不通，人不就死了吗？

11　心态影响健康

如果以交感神经与副交感神经代替任督二脉，练功的目的在于提高自律神经功能，这样就合乎科学了。科学是平常的知识，通过合理观察、研究与重复实验等步骤，可以提高信心，并获得正确的方法。

生活忙碌，积极进取是现代人生活的常态，这部分都在刺激交感神经。由于神经网络不停地加强运作，带来精神的耗损，神经紧绷，身心疲困。

神经系统得不到平衡，免疫力就降低了，因为身心是一体的，身体的疾病也随之而来，当然外貌也随之慢慢地改变，相由心生嘛！

反省忏悔固然在排除心垢，对自律神经的帮助也很大，如果一个人懒懒散散，什么事都无所谓，怎样也提不起心力，以为这是修行，那就错了。自律神经每10年会降15%运作能力，一事无为的结果是什么？此是古德所讽刺的寒岩枯木，没有生命的脉动，没有菩萨行的动机。有一天，旁人会发现你行动迟缓了，对关键问题没有办法集中心力了，但你自己不知道，因为你也少了反省**警觉**的心力了。

情绪力：从内心开发天地

当交感神经活动增强时，副交感神经的活动程度相对降低，经络的交通信号不能协调，会产生不舒服的感觉，免疫力降低，疾病就来了。

如果副交感神经的活动增强了，交感神经的活动则降低，负面情绪会慢慢增加，使人疑神疑鬼，就有忧郁症的倾向了。

我们的生活一直在刺激交感神经的活动，尤其金融风暴之后，所谓财政、经济、金融专家束手无策，一方面，他们设法延宕问题发生的频率，刺激另一个吸收货币流动的市场——衍生性金融；另一方面，他们想扩大内需市场以刺激市场经济活动。只有不丹，它扬弃了这套做法，将生活幸福指标列为立国的根本准则。北欧国家也逐渐向此方向修正。

种种修正，刚好能降低政府过度活跃的交感神经，提高副交感神经活跃度。我们个人也必须从大环境中脱困，要从自律神经的平衡中，采取适当的步骤。

放慢脚步，摆脱过多的欲望，是心情调整的第一步。

放松、放慢之后，要设法振作，好像在平静的池塘养些鱼，种些莲花，不能让湖面死寂。振作的好方法是工作，工作的范围不限于报酬性的，非报酬性的工作也蛮不错。工作是智力刺激自律神经的好方法，与相关人员交往时，要记得他们是否能提振我们的正面情绪，不能增加正面情绪的交往是错误的选择。

记得晚饭后，放下一切，走到平静的环湖小径或街道上，慢慢地调整呼吸，舌头轻抵上颚，浅浅地笑笑，再展开悠闲的步伐，让思绪与舌头相连吧！那是很好的观心活动，轻松自在，享受安详。

安详，可以使交感神经与副交感神经和谐运用，增强自律神经的免疫能力，不但使身心健康，连外貌都会改变——容光焕发，光彩夺人。

12　心智不能退休

> 不断地接受新知识冲击，经常让思
> 维模式富有弹性。

● 胡适博士演讲的时候，喜欢以"老狗教不出新把戏"自嘲，其实在勉励大家不断地接受新知识冲击，经常让思维模式富有弹性。

通常德高望重的人，容易在不知不觉中陶醉于往日的光辉里，面对着落日余晖还以为置身在朝阳里，出现时间错乱、角色错位的情况。

因为，他们患了几个心理毛病，根源于心理障碍影响了沟通的质量：

12　心智不能退休

头抬得很高，长期的优越感已经融进全身血液，习惯于抬头的傲视，也习惯于被奉承；周遭的人已经掌握了他的特性，也了解了环境的气氛，最好的方法就是跟着他、伴着他，无形中也把你抬到一个高点，客随主贵，岂不两全其美。

声音的分贝高入云霄是另一种特征。人都有习性，如果真的了解习性，也愿意修正，不经两年，人格其实都可以重新建立了，甚至变成了一个"新人"。以新人回头看看，什么都陌生了，不陌生的是一颗永远不守旧的心，声音的分贝自然会降低。为什么这些惯于被围绕的人，数十年来依然故我呢？习惯成自然，在时间的磨炼中，他自己变成了"酱瓜"，却浑然不觉。

权威式的主导态度也是退休人员的特征，习惯于发问的主导权，不自觉地站上主席台，逐一要求参加人员发表意见，乘隙发问，并且下结论。可是，很少能够从他的言论中找出中肯的经验交换；而且，他讲的都是老掉牙的故事。当然，参加座谈的人，长期就是他的子弟兵，不敢也不好意思在这个场合发表独特或深入核心问题的意见，以保持与他的一定距离，自居劣势的姿态。

　　心智已经退休的人，在这种客气、保守的氛围中，经常做出特异的行为来强调自己是退而不休的人，永远有高见，有卓然立场。况且国人向来拘谨，不轻易发表意见，明明知道这些前辈心智已经退休，却总以掌声与赞美相报。可以想见，这是一群互相标榜、互相烧炭取暖的团体，维系着数十年如一日般的感情，却是死水一潭，连涟漪都没有一圈。

　　心智活动的僵化或模式化，让大脑皮层呈现规律性活动，在一成不变中累积了反反复复的妄想与心计，渐渐地白质化，人就进入了童年式的回忆池塘，只记得从前种种，不明白今日的种种，有这个现象，心智真的老化了！

　　当心智渐渐枯竭时，当然无浪无波，面对从外而来的冲击，最好的方法是建立一堵坚固的堤防，在宁静中享有浓浓的自得其乐。若是真味，其乐无穷；若是兼味，恐怕乐中失味。

13 捉摸不定的情绪

情绪的起伏几乎伴随着人类的生活史,
须臾不离也。

● 情绪的起伏几乎伴随着人类的生活史,须臾不离也。佛法讲色法与心法,心身之间的联络,最强的就是情绪(emotion)。

情绪倏忽而来倏忽而去,无可捉摸,它如同一股电流,流窜出来,不但影响了中枢神经系统,也影响了内分泌系统。当情绪出现的时候,我们可以观察到它迅速地影响我们的思维系统,而有情绪失控或情绪激昂的表现。

特别是宗教信仰与政治对垒时,旗帜鲜明,口号响亮，让信众失去了客观的判断能力，一时陷于童年似的岁月，呈现出低智能的状态。这是一个情绪非常激扬的例子。当有外来压力呈现的时候，例如，排斥、反对、批评，为了表现个人服从信仰或主义的心愿，突然间产生了情绪失控，美化为卫教、卫道。

从这些现象反观自己，应该可以客观地保持冷静，但是事实上，在日常生活中，我们却经常陷入情绪的误区。我们以为这是"以假为真"的错误。

从马斯洛的需要层次论来看，前四个层次都是条件式的满足，一旦条件不足，因缘消失，这种快乐也消失了。只有第五层次的自我实现需要，才是无条件的满足，才可能从工作中产生有意的快乐，它不在于满足什么，而在于行动符合宇宙的和谐之理。条件式的满足，是认为有所得的是真实的，其实它是因为我们有限的感官在内心屏幕上所投射的幻影。凡所有相都是虚幻的，身相是虚幻，心相也是虚幻的，这在安详禅的禅友的认知里是极为普通的法则，要到"致虚极"的境界才能从幻影中回头，走向大千世界，达到一相三昧的无执禅定境界。

13 捉摸不定的情绪

一切情绪，无论是正面或负面的，都是虚幻不实的，我们的藏识老早就储存那些种子了。我们没有察觉到内在情绪的存在，却会在身外察觉到情绪的表现，因为"外在世界就是我们内在世界的反映"，犹如镜子，外界的一切景象，都是我们在镜面上描绘出来的。本来就连时间与空间都没有了，当我们产生了时空概念的时候，时空才存在；当我们发现情绪时，要立刻察觉到这是缘于内在种子的萌发，我们要学会控制它，念本来无念，是我们的念在演戏而已。

我们要将负面情绪渐渐减少，将正面情绪渐渐增加，到了某一程度，会豁然发现一切我执渐渐从意识中变淡变薄。虽然没有成佛，我们的确可以确定：真正的慈悲是从涅槃中涌现的，那是自他不二，不然都是相似慈悲，或者是伪的慈悲，是慈悲魔的出现，那是内心愧疚的产物。

14 情绪的转化靠理智

> 去垢到某个程度，心灵就会呈现那片晚霞的灿烂啊！

● 当初我们强调，所有的负面情绪都源自内心储存的相对种子萌发，大部分的人略而不闻，少部分的人不能接受。他们认为我们会产生怨恨、愤怒、讨厌的情绪，那是由相对的情境引发的，不然就不要"理论"了。

相由心生，如果你向一个外国人骂粗话，他还是傻愣愣的，因为他听不懂你的话；一旦被翻译出来，他可能暴跳如雷或向你抡拳了。因为在相对的世界中有相对的意识，任何语言行动都是为了符合相对原理而产生的。

14　情绪的转化靠理智

我们再度轮回，只因我们热爱这个相对的现象世界，总希望在现象界中发挥喜怒哀乐的节奏，沉浸于爱与被爱的陶醉中，创造更多的相对。

可是，为什么很多人看不见春天的晚霞？因为太忙了？太普通了？不看也不会怎样啊！是的，晚霞依然幻化无穷，为什么不在内心中寻找那片晚霞的沉静，而那片沉静本来就存在于内心，晚霞不过在引发罢了！你也许不相信，去垢到某个程度，心灵就会呈现那片晚霞的灿烂啊！

这是察觉的时刻，找个适当的机会，心平气和地欣赏生气导致的身体与心理的波动吧！

当你要生气的时候，第一个反应是在口腔两边的颊骨产生压力，太阳穴鼓起，心脏跳动加速，血液上冲，面红耳赤，接着从经络中产生阵阵的波动，波动渐渐增加，全身颤抖，手指跳动。整个人顿时变成一只凶猛的野兽。

从现代学术的角度来看，生气时压力荷尔蒙（皮质醇，cortisol）浓度升高，左脑的主宰作用增强，从而失去了理智的控制。

47

情绪力：从内心开发天地

在失去理性的当下，你会寻找感情的支持，寻找合理的解释，夸张自己的价值，然而为了维护失去的面子与尊严，采取行动了：大骂反击，显得万分委屈，找些歪理合理化自己，不然就赖着痛苦的诉求。

一切的表现完全脱离了正常的反应机制，你必须在内心的恐惧中找回自信，伪装可怜与申诉正义是两张好牌，总之，这一切都是为了让对方失去面子而已。最后要躲在同情你的群体中获得安慰。

问题依旧存在，那个全身神经的颤动，让你的中枢神经不能平稳，过多的不理智暴动与反击，终于产生了内分泌失调的病害。那些大英雄，在战场上耀武扬威，其实胆小如鼠，晚上睡觉，必须有重重卫兵保护。

你可以再深入地分析，再分析，有一天你会哑然失笑，原来你就是一个从劫以来扮演的丑角，习性的磁性共振，让你眷恋着不可告人的内疚。为了掩盖那些内疚，你在外面游走，寻找理由。于是，你又再度回到这个现象界，做不同的梦，一切都是那个"贼"。那么亲切，识得不为冤！

15　从细胞说起

唯有回归和谐的中道,才是善待一切应有的心态。

● 细胞的中间是细胞核,外面被细胞质包围,呈小圆球状。细胞核内最主要的是基因,基因掌管了人的外貌结构,也掌管了内部各项特质的形成,很像信息管理中心。细胞质是超级化学工厂,可以制造出细胞运作所需的几乎所有的物质,供给细胞使用。这些活动都需要能量的支持,由类似发电机的线粒体主导,线粒体呈椭圆形,中心内含自己的基因密码。

细胞质的含水量非常高。水的可塑性非常强,能自由地进出细胞,细胞的弹性当然很大,可以在纳秒的时间内变化形状。因此，身体可以很柔软，而且愈柔软的身体，愈具弹性的身体，愈是健康的。

细胞膜上有些小小的凸起，像桥梁般架在相邻的细胞膜上，细胞因此可以发送一种传输蛋白质给旁边的细胞，如此传输信息，完成了一系列可沟通、互相帮助、协调的工作。

健康的细胞是圆滚滚、润滑滑的，充满水分，也充满活力；不健康的细胞扭曲变形，缺水，少活力。

以上是李丰医师四十多年研究细胞的心得，发表在他的《善待细胞，可以活得更好》一书中。

水在人体内约占体重的60%，无水不成细胞，这是生物演化的活化石，生命的活力来自氧气。自古以来，先哲研究强身益年之术，强调养生，他们重视氧气，所谓调息练身，在于平衡情绪并大量吸氧。

癌细胞具厌氧性，大量氧气是它的克星。持续运动是养生克癌的良方。兹不赘言。

15　从细胞说起

我们将细胞描写得那么详细，有三个方面可以讨论：

一者，无论氧或水都是有生命的，只有生命与生命可以相辅相融，这也证实了安详禅将生命扩大到宇宙，而不只限定在生物分子学上的理论是极为可贵的。故汽车、电梯、砖瓦等都有生命，我们应该感谢它们便利了我们的生活。

二者，从因缘法看，宇宙内任何事物都必须通过组织才能扩大生命的能量，因缘不具，组织解体，单独个体是不能存在的。细密的体认，是感恩与谦卑的源泉。

三者，生命是一个整体的存在，大生命是大意识，要强调的是和谐运作。违背和谐原则即是背离自然，会造成身心的困顿，唯有回归和谐的中道，才是善待一切应有的心态。

16　感恩是人生的甘草

自然法则中最重要的因素是感恩。

● 自然法则中最重要的因素是感恩。

感恩是诸法无我的升华,人生中的种种纷扰大都出自我执与我欲,打算通过别人捞取特殊的权益或建立以伪我为主的王国。打开心胸吧!春天来了,花朵开了,美丽的景色是为点缀大家的心灵而来,春天不专属于你,暴君可奴役人民,但不能奴役心灵的春天,暴君不可能将春花关在皇苑中啊!只有在宇宙大和谐的协奏曲中扮演好我们的角色,才会百花齐放、百鸟争鸣!

16　感恩是人生的甘草

从最近几次金融风暴中，明显地看出资本主义的贪婪与政客的不负责，他们竟然创造各种虚拟的金融游戏规则，冠以美丽的理财计划之名，让全世界陷入无底洞的金融风暴中。不负责任的台湾当局，火上浇油，以债留子孙的方式，美化当前的政绩，等到事情发生，又提出了一套非常荒谬的理论依据：人民支持政府，政府支持银行，银行支持产业，产业支持劳工。荒谬的是劳工的工资是浮动的，受到后进国家低工资的影响，长期被压抑，资本家为了获利，经常是逐工资之水草而迁移不定的。员工的工资无法调升，造成经济的恶性循环。何况银行、企业从中捞取的利益，会从口袋中拿出来分享吗？

一个不懂得感恩的社会，当然会形成贪婪自私的风气——人们只顾攫取眼前的利益，道德无形中被扭曲，不仅严重地影响到婚姻关系，还侵蚀了家庭伦理的功能。因为家庭更需要夫妻彼此在感恩中携手共度，彼此信任与合作，这是最基本的心灵联合形态，也是成道的基本条件，家庭即道场。

美国华盛顿大学约翰·戈特曼（John Gottman）教

授研究婚姻20年，他发现每一个负面情绪（抱怨、压抑……）都需要五个正面情绪（欢笑、感激……）来补正，这和我们所强烈支持的正面情绪的培养与连贯，是修行的重要指标的理念一致。他提出以下几个建议来增加正面情绪的驱动力：

一、最好在早起或睡前，记录三件令我们感激的事。

二、每天对周遭的亲友，提起对他们感激的事。

三、照镜子的时候，自我提醒自己做过什么好事或有过什么好心情。

四、世事不能尽如人意，毕竟这世界并不是专为我们而存在，若以感恩的心自我熏陶，酝酿出好的感觉、好的情绪，改负面磁场为正面磁场，幸福会在其中。

另外，美国得州大学健康科学中心的罗伯特·埃蒙斯（Robert Emmons）和迈阿密大学的迈克尔·麦卡洛（Michael Mccullough）共同主持的研究，将参与实验的人分为三组：第一组每周记录五件令人感激的事；第二组记录五件令人困扰的事；第三组则不管好坏，记录五件事。

10个星期后得出结论：记录正面情绪组对生活整体的感觉较好，快乐的指数较高，比负面组多了 25%。其他的研究也证明懂得感恩与参与感恩的人，更愿意对别人伸出友谊与关怀之手。

17 第一念的质量
  非常重要

积极态度一旦养成,从事念念自知的"知非即离"就容易多了。

● 积极态度一旦养成,从事念念自知的"知非即离"就容易多了。第一念要与"知非即离"挂钩,心境才会在平静中运行,就像一条独木舟在河上划行,缓缓地划出前进的水道,任由凉风拂面。

这时候才好走向中道观。

中道观是"佛法在世间"的康庄大道。

六祖说:"若欲修行,在家亦得,不由在寺。"这里的家指家庭、职场与小区。佛法在世间,佛法不出世法,也

17 第一念的质量非常重要

不离世法，要能在家庭、小区生活中产生力量，方能发挥中道效果。

中道是适度而无害的，言之以理，动之以情，适可而止。吾师曾开玩笑道："我谁也不得罪，大家都好，就我一个人不好，那叫中道吗？那是没有是非，不分善恶，那叫墙头草。"孔子称这种人是"乡愿"，台谚称"双面刀鬼"。你不敢得罪，所以向A猛灌称赞汤，暗指B的不知好歹；又向B猛戴高帽子，称其有雅量，暗示A乃知浅识薄之人。你成了他们两个人的好朋友，但你心里毛毛的。有一天，你会失去这两个朋友，他们不可能懵懂一生，不了解你的"善意"。

但是，你也不能扮演关公的角色，义正言直，当场当起判官，那就"公亲变事主"，三角纷争起来了，你变成了两个人的沙包、咒骂的靶心。

最好的方法是多举些实际的例子供参考，谈谈自己的经验，想办法让他们冷静下来，提高友善气氛，改变处世的态度。问题在于我们有能力、有资格吗？如果没有，还是坦诚表示自己无能为力,拱手谦退。

修行的起点在个人,而实际的效果在家庭。我们只要看丈夫有没有尊重太太,太太有没有尊重丈夫,就知道他们相处得好不好。相处之道不能倾斜,倾斜一点点还可以,要是倾斜得很明显,那就有问题了。中道是尊重与包容。

我们讲的是家人相处之道,但是会观心的人才会关心别人,不会观心的人会侵扰别人。假如我们身上有种强势出现,那就必须反思。也不要以修行的道理或方法相逼,每个人有其根器,方法与成果不能等量齐观。百花齐放,何论艳丑?异地开花,犹如易子而教,鼓励、善诱就好。

我们连对自己最亲近的人都没有办法提出合乎理想的要求,因为我们自己也没办法达到合理的要求,这是娑婆世界的心灵常态,我们都是在恒河中划向西岸的小舟,相互鼓励、相互关爱就好了。

因为因缘如此啊!法尔如此啊!

就此,我们要向因缘观迈进了。

18 从因缘法中向众生学习

> 感谢缘生的可贵,是基于内触因缘的不可思议。

● 宇宙间所有的事物本无自性,从空里来,回空里去,因缘生,因缘灭,都是条件的组合,从来没有一个可以单独存在的事物。无须惊天动地的大变化,只要默默地因缘聚合,几十兆个细胞组成了人。

生物细胞内在的生命,无时无刻不在运作中协合身体的生老病死,又在传宗接代中新陈代谢,运作中有演进,演进中提高心灵状态,向无限的未来迈进。

每一个人的成长都必须仗恃社会人群的分工合作,通过职能的分配，养活自己也养活他人。对生命，我们应该感动。那几十兆个细胞不敢松懈地营造顺遂的生命活动，我们不该感动吗？如果能清楚地知道，要把几十兆个细胞紧密地联结在一起，是一件多么艰难的工程，能不感动吗？如果我们明白严土熟生的责任，难道还会在生命短暂的功能上犹豫吗？

安详禅的法缘，更不可思议，"因为一个人能够碰到正法，需要十八万劫的十八万次方的时间"，古德千山万水，为求得生命的圆满与永恒，踏破岭头云，能有几人领略到"春在枝头已十分"？

我们幸运地碰上了，还不能全理智、全感情地投入，何必再踏上岭头云，竟日寻春不见春呢？

回头审视缘生可贵，正法不是没有来由地降临到我们的头上，而是千千万万人辛苦工作，缔造了不可思议的环境，才让不可思议的大成就者驻持正法，也才有了不可思议的果实成熟。

我们的因缘特殊，因此我们相聚应该是特殊的法缘，

18　从因缘法中向众生学习

共辅共进、共扶共成。要深深体会"恶增上缘"的可贵，任何造成心理不适的因素，都是自己累劫的心垢，借着相聚，由相对的"人无我"中吐露出来，要从心里涌上感激的心情，承受这种心灵向上的机缘。千万别以为人家在批评我们，是我们累劫的功德鼓励他们在批评我们，提出警示。如果是毫不相关的人，不要说恶缘不生，好缘也不生。

把这个观念延伸后，才能唤醒第八识，鼓励第七识，激发更大的思考，来改变旧习，另创新习。

这是很简单但很有意义的思考。

感谢缘生的可贵，是基于内触因缘的不可思议。

唯有能这样做因缘反省，放眼世界都充满了可敬可爱的人，都是几十兆个细胞组成的不可思议的人，我们由衷地赞叹，也由衷地感激！

况且，本来无一物，何来善缘恶缘，本是同根生，哪有高低不平？一切从心造，心生即是罪生时！往昔所造诸恶业，皆由无始贪嗔痴。没有众生，何来功德？没有功德，如何成就法身？

顶礼众生，感谢众生！

19 菩萨无所不在

安详的生物能量应该对社会有更多的贡献。

● 在人类各种制度的压制下，人的情绪常常会产生各种外在的反应：一方面，它表达内心的感受；另一方面，它也可以让人了解他的感受是处于顺境还是逆境。

情绪起来了，大脑就会通过神经网络释放化学物质，使其散布整个身体。生理受到化学物质的影响，当然会产生相应的反应。例如，恐惧产生时，大脑皮质接受信息后，神经网络会做出反应，全身慢慢紧缩起来，眼神也会流露出恐惧。

各种刺激及反应,造成我们身体的僵硬,从僵硬程度的不同,大概可以猜测此人承受压力及抵抗压力的能力。例如,有些人面对重大的灾变,可以从容应付,敢于承担;有些人就痛哭流涕,到处诉怨,甚至出现自残的行为。这体现了心智的抗压能力与情绪处理能力的高低差异。

在某些地区,经年累月的战争不断,难民越来越多,成千上万的人难免患有创伤后遗症(post-traumatic stress disorder)。近几年来,随着台湾产业外移,岛内产业逐渐萎缩,就业机会减少,失业、待业或被外派异地的情况变多了,人们不仅需要调整文化差异带来的心理压力,还要应对产业永续经营理念等挑战,许多台湾就业人口也患上了创伤后遗症。

如何减少创伤后遗症的影响,做心理的重整,应该是我们全社会义不容辞的责任,但社会对这方面知识的认知不足,台当局也在政党对抗中渐渐偏离了社群发展的正轨。也正因如此,吸毒人数增加,自杀率攀升,离婚率增加,暴利敛财事件频发,社会安全体系面临严峻的考验。

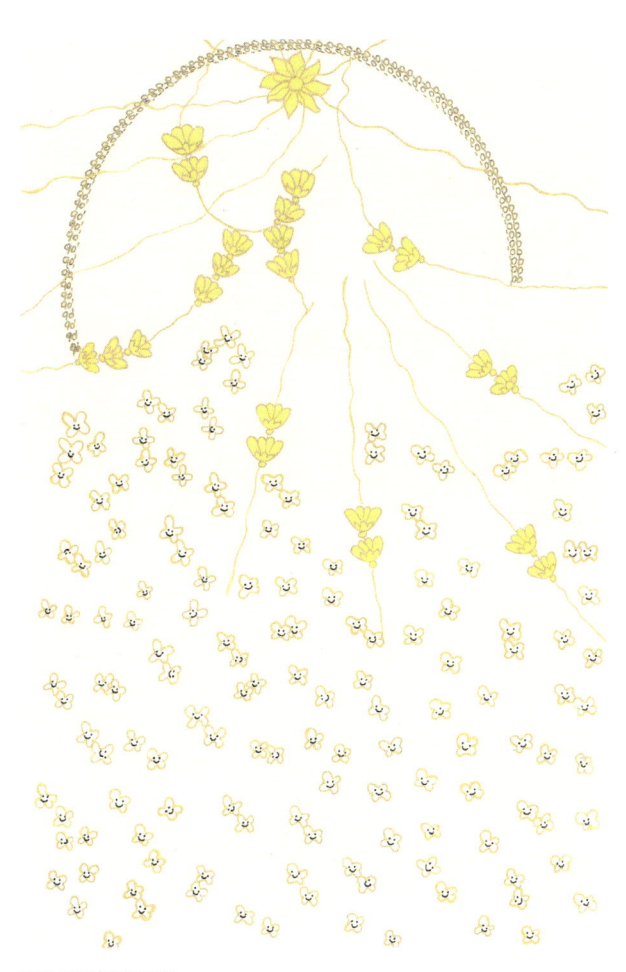

多做正面情绪反应

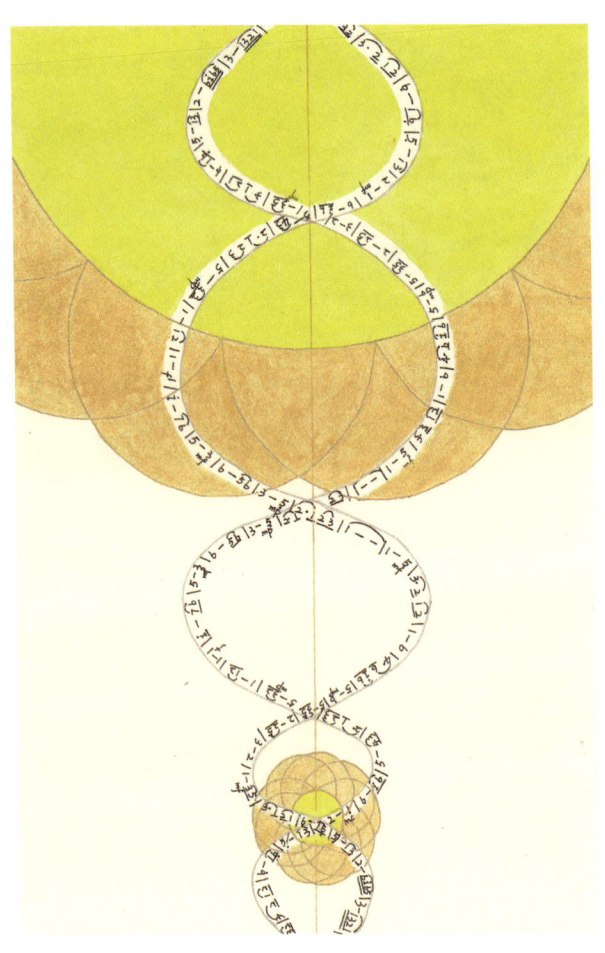

品味宇宙是大爱

禅翼飞翔

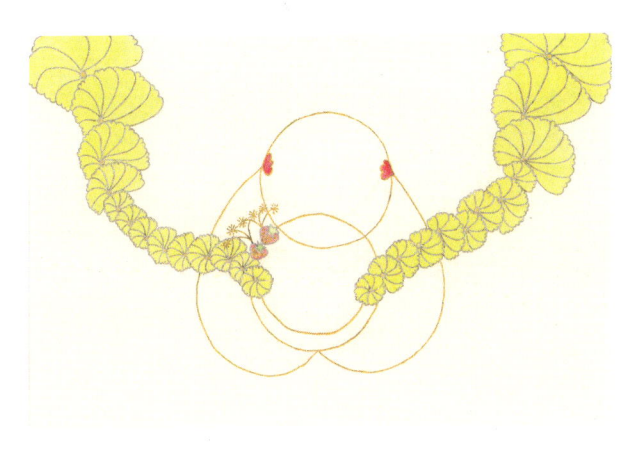

伪笑不是笑

心灵健康才能促成身心健康

19　菩萨无所不在

一些难民在难民营游荡,神情麻木、魂不守舍,普遍存在睡眠不好的问题,精神涣散,表征是冷漠、无情、孤独、疑心、无奈等。

可敬的大卫·波塞利(David Berceli)博士,多年来一直在非洲、中东战乱地区做慈善工作。为了能够大量地纾解难民的创伤后遗症,他利用生物能量学的知识,设计出了一套简单的动作来消除惊恐:抖动。

抖动是人类消除惊恐压力的原始本能反应。我们看看小孩子,一旦受到委屈或挫折,就会迅速地哭泣,连带着身体抖动。如果我们能够轻抚孩子的身体,拍打几下,孩子的惊恐就会很快消失。

波塞利博士的抖动训练课程,几年来已帮助150万以上的难民恢复了睡眠与生活的动力,目前有23个国家在推广。

波塞利博士也发现,欢乐的时候,人会向后仰倒,而恐惧时会向前倾并蜷缩。前胸是交感神经所在区域,人类大量运用计算机,为了盯着屏幕而向前倾,对交感神经有不良的影响。操作计算机每半小时，最好起来走动或抖动抖动。

我们也发现当屏幕光线不足时，我们的瞳孔会放大，以便收集足够的光源，于是眼压升高，这是青光眼出现较多的原因。最好在计算机机左侧置一盏台灯，放出适量的辅助光源，对视力有保护作用。

生物能量学在情绪研究上有可观的成绩，安详禅对增进生物能量有很大帮助，它的观心法门可以单独成立一个重要的研究项目，提供精神自疗方便。况且，观心贯彻在修行的整个过程，值得再深入观察、验证。安详的生物能量应该对社会有更多的贡献。

20　随时让我们感动

> 感动是欣赏能量的原动力，也是创造力的诱因。

● 有人曾说："放弃感动的人，如同行尸走肉，生亦若死。"

感动是欣赏能量的原动力，也是创造力的诱因。

我们每天面对着形形色色的人群与事物，经常出现新的邂逅、新的体验、新的发现。这是否会引起我们驻足欣赏与深层的感动呢？如果没有的话，是不是只剩下肉体的活动，抑制了精神的焕发，不免使人落在植物性或动物性的生命层次上呢？

情绪力：从内心开发天地

　　吾师一再提醒弟子："欠缺热情、欠缺对人的爱，感情冷漠的人不能学禅。"因为禅就是真实的生命，它充满了热情、充满了智慧。菩萨无不雍容华贵，有适当而不俗的装饰，而罗汉就显得平凡无奇，他们就如各行各业的人。

　　菩萨的庄严在于理智与情感合一，救苦救难之前，必须取得人们的好感与信任，略显华贵却不骄傲，雍容自在且贴近人们的心。罗汉是解除生死的圣者，他们不愿意慈航倒驾，所以以平庸无奇的面貌示人。

　　慈航倒驾，必须有一颗饱满的同情心，散发着真挚的感情，生命里汹涌着无限的感动与感激。每一个生命都是从大圆觉海流荡出来的一分子，自他不二。也许因缘中展现了不同的角色与命运，但在现实生活中发挥了他们的生命力，每一个时刻与每一个画面，都会让我们感动。

　　有一次吃着番茄，甜美爽口，我突然对女儿说："为什么我们可以吃番茄？因为番茄和我们是不二的生命，假如是完全对立的，番茄不会让我们吃进去，譬如有毒的蘑菇。"她仿佛接受了大震撼，眼泪掉下来了。

20　随时让我们感动

这是因缘法中自然圆熟的有机现象,"一合相则非一合相,是名一合相"。没有分裂的个体,就没有办法恰如其分地圆熟生命的共业。

感动的是,每一个分子都如那颗番茄,都是为我们迈向菩萨道的助缘。我们的圆熟就是他们圆熟,没有个别的圆熟!我们不圆熟,不但辜负了自己,也辜负了那些无可计数的助缘。

21 选对了自己的位置

富足或贫穷都是心念的扩散而已。

● 乌拉圭被称为"南美瑞士",除山水秀丽外,其民风淳朴,令人心醉。前总统何塞·穆希卡(José Mujica)一生传奇,更使人啧啧称奇。

他早期是左翼团体的领袖,搞革命,反对军政府专制,被关了14年,1995年出任国会议员,2009年被左翼推为总统候选人。他自嘲:"要我当总统,比教导猪仔吹口哨还难。"选票开出来,他赫然当定了总统,于2010年3月就职。

当选总统要公布财产,他在首都郊区有一栋旧农舍,两块农地,两辆拖拉机,两部1987年福斯金龟车,他的存款不到20万美元。月薪1万多美元,九成捐入游民救济基金。"钱够用就好了,如果还有很多的同胞连这个数字的钱都赚不到,我还能嫌少吗?"

异类有异类的行为表现,他取消随扈,不搭防弹车,自驾老爷车上下班,乐在其中。"我从来不穷,说我穷的人才是真穷,说我拥有的东西少也没关系,毕竟俭朴却使我觉得非常富足。"

我不是推崇他的异类行为,也不是要我们的官员见贤思齐,而是要大家往内心思考:富足或贫穷都是心念的扩散而已。当了官员,要为社会规划3年、5年后的愿景,并努力去达成,高薪又何妨?如果官员懒散,把预算花完就好,管他明年、后年的计划在哪里。政府没有愿景,老百姓就跟着没有远景,大家都想多分一点福利就好,管他债留子孙,我不生男育女,债留不留与我家无关。到时候,台湾大多数人不会有选择,只有精英逃亡。

台湾的经济在起飞阶段时,大批经济学家为政策论战。洋博士、土博士、学者专家，对政府官员放开心胸，尽吐所学，整个社会笼罩在公开、透明的政策辩论氛围中，终于奠定了台湾起飞的基础。

那种眼光的开阔、心量的广大、施政的抱负、无私的奉献，造就了台湾奇迹连连。

现在呢？绝大部分的人都围绕在政治意识形态上争论不休，在如何债留子孙的阴暗面绞尽脑汁。雄风已去，颓风罩顶，何去何从？

22　了解自己的情绪

> 我们日常生活中经常出现各种情绪，
> 情绪是行为的源头。

● 修行是一般人应有的素养表现，因为修行是修正想念与行为，通用于一般人，不局限于宗教活动。现代人把修行当作宗教活动，那就是偏见。

修行的首要工作是察觉情绪，情绪几乎伴随我们的行为而出现，其实在行为之前就有了情绪。情绪是心理的反映，有自觉的与不自觉的，情绪的出现才会引发生理反应来配合，这时候就是行为表现了。

行为是伴着情绪来的，所以有自觉的及不自觉的反应，但它不是反射作用，反射作用是本能反应，有时候不需要情绪出现。

我们日常生活中经常出现各种情绪，情绪是行为的源头，如果能够掌控情绪，就能顺利走向修行之路，开始修正想念行为了。

心能商学会创立者多克·奇尔德（Doc Chidre）所推广的"定格练习"（freeze frame），可以让我们在情绪发生的时候，采取抽离情绪情境的方式，他说有3个步骤：

> 第一，对问题暂不响应，先行定格（freeze）问题，为自己争取一些另类时间（timeout），把念头压到心的深处。
> 第二，让我们暂时寄托到最理想的情境。例如，走到绿茵大道上，仰望蓝天白云，旁边是杜鹃花丛的嫣红紫绿……想想让心高兴得起来的事。
> 第三，沉静之后再来问问自己：心是怎样回答问题呢？

这些训练抽离现况的方法，是冷静与客观心态的表现。如果只是很直接的情绪反应，那就是动物性的反应了，它只具有破坏性而已。避免负面情绪的发展，最好能够发展另一个正面情绪来代替。

人生都会面临重重困难，甚至跌落谷底。只要生活方向正确，不必悲观，也不必放弃一切。绝处逢生告诉我们：当我们失去了一切的时候，再也不会有什么可以失去的了，留下来的是不屈不挠的斗志，一息尚存，努力向前，进一寸得一寸，进一尺得一尺。

例如，写文章，必然会遭到各种批评、攻击、揶揄或冷遇。难道我就此搁笔吗？青山何碍白云飞？在相对的现象界，正反如影相随，不要跟着别人的鼓声起舞。肯将自己的缺点暴露出来就是消除我执的最好方法，如果能够帮助一些人同此理、同此心，岂不快慰？比起那些在背后说闲言闲语的人，光明磊落多了。

23 尊重别人的态度
也是改变

谦虚就是必须培养的美德。

● 马歇尔·古德史密斯（Marshall Goldsmith）应该是世界CEO们最熟悉的人物之一，他被《经济学人》杂志评为全球最值得CEO信赖的五位顾问之一，一直是《哈佛商业评论》所推崇的对象。

成功领袖的特质是具有勇气、谦虚和纪律性，这是他一直强调的企业领袖必备的特质。纪律是养成与同人定期沟通、倾听的习惯，可以和其他的纪律等量齐观。但在与人沟通上，医疗领域早已建立非常好的典范，成绩斐然，看看医疗的进步就可以知道。

23　尊重别人的态度也是改变

成功的人最容易患的毛病是以自我为中心，尤其以为他的经验是颠扑不破的真理，只要顺着他的指示就可以建立不朽的功业。

有点成就的人很容易跌入自我陶醉的境地，以为自己是万世难得的奇才，样样第一，智慧盖世。这种人表现出虚骄的态度，只要你对他有点欠缺礼数，他马上把你列为异类，在背后散布不实的谣言，用此卑劣的手段来抬高他的身价。

在相对的现象界，找不到真理，找不到绝对。不要以为一时的聪慧就是一世的聪慧，将一时的成功误以为终身的成功。当某一个领袖的心智活动进入退休状态时，其他领袖的心智不会停止前进的脚步，因为企业必须面对不断的挑战，像龟兔赛跑的寓言，擅跑的兔子不可以轻视对手。

因此，谦虚就是必须培养的美德了。

如果在一场聚会中，你发现不了提出卓见的人，听不到任何反对的意见，甚至只有你唱独角戏，主导全场，所有的掌声都落在你一个人的身上，这绝对不是好消息，因为你是"寡人",是称孤、称朕的神化人物,被供在神坛上了。是活死人啊!

在同质人员参加的聚会中,假如两三次会议的内容都是老样子,那么这些人都变成"酱瓜"了,是统一的味道;假如主持人还是睥睨一切、自高自大,主导全场,却拿不出新的改革方案,那么会议开不开已经无关紧要,只是维持形式而已。

古德史密斯长期做全球大企业CEO的顾问,他有感而发:"我并没有改变别人,只协助他们改变。"改变,不正是修正想念行为吗?

24　情绪与精神力量

> 正面情绪发动的念头是健康的、积极的、有建设性的。

● 正面情绪发动的念头是健康的、积极的、有建设性的,我们乐于发动,发动后会带来智慧的火花。生命焕发出的活力,让我们充满昂扬的精神,因为生命有一体共振的现象。

因此,正面情绪发动的念头,是我们有序的安排,而且在念与念之间的联结,会产生明确的运作逻辑。

这在反省与改变态度上可以得到证明。

反省在于找出缺点,然后建立改变的模式,并产生执行行为，而后达到反省的目的，最后是人格的改变。

整个过程都是由理智与情感协同运作的。

理智是逆向检讨的原动力，由它的正见程度产生不同的反省力量，以厘清念头的真相。这个时候，当然会下定决心改变，改变的力量源自丰富的情感。因为当我们有了新的生活态度，很快会把旧习的阴霾洗刷干净。每一次反省与改变，就像在我们心的园地中种植一棵壮硕的大树，大树引来清风，也带来蝉鸣，让生活基调上升了几阶。

我非常喜欢李可染的画，完全抛开了历史的包袱，运用笔与墨的变化，将自然与人文的感情融合了起来。我们都知道，讲话比较容易，海阔天空，漫无逻辑，最后以哄笑或感叹收场，陷入情绪性的结论，但对事情也没有什么实质的厘清。

浅薄的认知不容易被发现，却又具有很大的破坏力。我们只需要看看那些批评的人，他们重在批，不在评。因为评必须有具体的内容，逻辑严明，能力不足的人自然会流于"批"，在唾沫横飞中发出似是而非的感叹，在情绪

24　情绪与精神力量

飞扬中蒙蔽理智。

李可染说:"不要以为自己完全了解对象了,最好是以为自己像是从别的星球上来的,一切都充满了新鲜感觉,不用成见看事物,对任何对象都要再认识。"

假如习惯于批评的人,每次把批评的内容写下来,累积了5次后,再将这些内容重新排列,我们可以发现:批评的态度一直是习性,批评内容都是只批而不评,更可笑的是,他们规避"评"断,做出没有根据的评断。而且批评的内容十分空泛,只是表现了深藏的无明——嫉妒心。

它是具有破坏性的情绪,因此会燃烧自己的生命能量。

25 心的磁场

> 安详的强度与心的磁场波成正比，所以说
> 一观心就有一分功德，心的磁场当然会因
> 正面情绪而增强。

● 自律神经失调，和大脑意志无关，和五脏六腑有关，也就是和调控内脏生理活动的神经系统有关。根据其机能分为交感神经和副交感神经。我们所熟悉的情绪也与自律神经有关，交感神经因过度反应而释放大量的神经传导物质，驱动人体的战斗或逃跑反射（fight and flight reflex），心跳加速、血压升高、肌肉紧缩、呼吸急促等生理反应也随之而来；副交感神经则产生减缓疏导的反应；二者相互辅助，真是奇妙。

副交感神经的最佳引发点是呼吸，只要能让呼吸慢下

25 心的磁场

来,肌肉就能松弛,心跳就能放缓。学太极拳的人很懂得这种呼吸与心理的变化,很快就会冷静下来;游山玩水、唱歌划船有助于提升副交感神经质量。

好好利用休闲假日,让副交感神经的功能提高吧!

在冷静的环境下看看安详心态。

安详与心律、脑波有关。

心脏跳动时,可以形成一个传递速度快于实际血液流速的血脉波动。血脉有自己的频率,但它和呼吸系统及自主神经系统内的其他频率紧切相关。

研究证实,心脏的电磁场强度可以达到脑的千倍以上,心与脑有共振关系,我们越感到和谐,心脑之间共振产生的同步性越高。交感神经与副交感神经交互作用,会影响到相邻的心跳间隔,即所谓的心律。

这里就可以看到身、心、灵三者的交互作用。

而且心的磁场很高,精密的高斯仪可以在身体 3 公尺外，测得心脏的磁场。只要心、脑、身体的频率获得高度的和谐，安详的磁场就建立了。

心，不只是一团肉，它有非常丰富的内容，等待我们去研究。科学家也发现了心脏智慧（heart intelligence），它是自我觉醒的原动力，尤其是直觉，它可以帮助身体内的系统恢复常态。脑是幕僚，心是主将，心是人体磁场中心。

心的磁场反映了人体磁场。

磁场就是生命力。

俗语说："摸摸良心"，很有道理吧！

安详的强度与心的磁场波成正比，所以说一观心就有一分功德，心的磁场当然会因正面情绪而增强。心偏了，磁场的波紊乱，安详也就降低了，百试不爽，千验不假。没有功德不成法身，一失足成千古恨，天理亦人心。

26 安详是大脑活化的源泉

> 行为的改变不仅扩大了习惯的内涵，同时产生了新的人格特质，不仅让大脑的神经回路增加了，也活化了沉寂的回路。

● 推动人类不断演化的象征和功臣就是大脑。大脑具有无限的可塑性，正因如此，人类有不断演化的动力，得以走上多姿多彩的舞台。

最可贵的是，人类凭借大脑能够进行无限的创造，甚至蕴含一股永不屈服于现状的能量。大脑永远有无限的伸展空间，如果出现脑部退化，那不是脑部的罪过，而是我们思想行为的过错，尤其是习于故常的怠惰，让习惯带领我们依循一定的思维路线前进，让脑部失去了活化的机会。

所以，习惯的改变要能带动行为的改变，才会有积极的效果。习惯是不自觉的行为表现、不自觉的运作，等于僵化了脑的活力。行为的内涵包括很多方面的内涵，例如，价值观、思维方式、感情的丰满等，都是综合成为行为模式的力量。

行为的改变不仅扩大了习惯的内涵，同时产生了新的人格特质，不仅让大脑的神经回路增加了，也活化了沉寂的回路。尽管人类大脑已基本参与到基础生命活动，但如果能提升神经回路的效率和可塑性，会带给我们多大的生命活力？

行为的改变表现在积极的态度上，既然肯把旧习惯改掉，背后必有一股积极改变的价值观在推动，否则习惯的改变是没有什么力量的。

脑部新回路的建立是天赐给我们的宝物。它永远不会拒绝，也不会让人难堪，反而乐于承担，因为它创造了新的人格，也创造了新的世界。

所以"法的人格化"是非常重要的指标，要让学得的

26　安详是大脑活化的源泉

安详在生命里生根，当然要进行人格化，而人格化的前提是思想行为的改变，那不是枝枝节节的小事，是完完整整的镕铸，是莲花化生的新生命！

《指月录》有则莲花化生的公案，《封神榜》塑造了哪吒三太子的神格化。哪吒三太子触罪而亡，割肉还母，剔骨还父，一缕灵魂渺渺茫茫，飘飘荡荡。其母立一牌位，每日晨昏烧香怀念，香火不熄，灵魂便有了回家的感觉。父亲托塔天王李靖认为这是灵魂不散，将神主牌位等一把火烧掉。哪吒三太子归家不得，飞往太乙真人处哭诉，太乙真人以莲花为他化生，果然获得重生，脚踏风火轮，手拿金枪，神威显赫。如果仅仅将其当作神话故事欣赏，那就太辜负己灵了！

27 人格特质与行为

人格特质是经过长时间累积而成的，
自然会在行事风格上表现出来。

● 2000年8月6日美国心理学年会发表了一篇《测试总统》("Testing the President")，系休斯敦地区心理学家花了5年时间的集体研究成果。他们将41位美国历任总统的人格特质与政绩做比较，发现：

领袖气质排行名列前茅者具备果断、能干、重视文治武功、主动积极、对别人有同情心、自律等人格特质。缺乏领袖特质的为正直、易受伤害、言听计从、谦逊、利他、整齐雅致等人格特质。

27　人格特质与行为

有趣的是，缺乏领袖特质的人刚好是具备好的宗教领袖特质的人。人格特质放对了地方，可以发挥长处，让人受益；放错了地方，反而成为累赘。

人格特质是经过长时间累积而成的，自然会在行事风格上表现出来。对政治家来讲，某人的优点刚好是对手眼中的缺点，让政党对立与攻防有机可乘。而且政治人物的人格特质也会反映在施政的风格上，自然会在政绩上造成或多或少的影响。

因此，政治人物，尤其是国家领袖，在团队之外，应该设立一组人员，他们拥有与领袖不同的人格特质，这样才可以在内部发挥制衡的力量，并且提前发觉反对党的攻防策略。

宗教领袖可以免除政治领袖的情境压迫，只要遵循道德的呼唤，作精神的号召，就可以引起信徒的响应，因此，宗教领袖要戒慎在无限的权威中迷失，如果陷入神秘的氛围里，反而会造成极大的伤害。

当下宗教的盲点在于寻找渺茫的神秘世界，因此很容易造成虚伪的主教人员出现，利用神权迷醉信徒。例如，开悟是佛教信徒追求的心灵解脱境界，本来就应该有明确的理性反应，不容掺杂神秘的灰色地带。可叹的是，开悟变成名闻利养的招牌，而大众的盲从盲信，将断送佛教的主要精神。

宗教领袖的人格特质如果跨足到政治领袖的特质，那么灾难就大了。试想宗教以正直与慈悲为主，如果跨足到重视文治武功，在政教合一的模式下，会呈现什么样的心灵状态呢？

同样，政治领袖的身旁要培养一些富有宗教特质的人员，不时地提醒他严守界线，坚持道德的恒常约束。

28 行为改变是身心的改变

改变态度就是改变行为习惯。

● 改变态度就是改变行为习惯。

我们日常生活需要千千万万的习惯。习惯从何而生？当然是为了解决问题而采取行为，在采取行为之前必有一套思考的过程，这些思考有的是从他人处学习得来，有的是由自己思考并通过实验而确定。

第一次的行为，必须让我们的神经网络对信息产生响应，相同的行为产生相同的响应网络，大脑主干会从复杂的神经网络中剪裁成简单的回路，习惯就养成了。

习惯有好坏之分，这些牵涉到价值观念。我们当然要能够发觉什么是坏习惯，而且愿意去改变，甚至要建立新的好的习惯来代替。这个过程中，人格渐趋完美，这也是活力的一种表现。

活力通常与心智的活动有关。当心智呈现退休状态时，会越发增强主观的执持，也容易从团体中孤立出来，就如同孤峰顶上自我瞻顾。

所以，对习惯的认知并且愿意改变，是一条非常重要的心智活动历程。

第一，要认知我们的习惯是不是要改变。

如果认知陷于主观，那是执持的强化，我们必须要有客观的态度与自我审察的决心做前提。

要如何辨别主观心态与客观心态呢？换句话说，习惯是主观、不知不觉的行为直接反应。要如何觉察呢？那就是吾我不断。

28 行为改变是身心的改变

如果我们与人接触的过程中,经常出现"我认为""我相信""依我看"等心态,一定要捺下心来自我检视。这些都是过度自信的习惯,因此在语言中不时流露着"我"的信息。

再来是"讲古"式的老掉牙经验。也许以前在改变心态的时候,曾经很用心地思索过,并且也真的改变了。但那种改变如果是单一事件的改变,不是人格的改变,那也不足为贵。

有一位患尿道癌的病人,经手术化疗后,躺在病床上,医生巡房发现他在抽烟,随后用严厉的口吻对病人说:"连烟都戒不掉,还能戒掉其他的病吗?"病人挺起脊梁,拿着烟蒂一丢说:"堂堂男子汉,戒烟有何难?"果然从此戒烟。

这是单一事件,不能由此论断人格的改变。我也很详细地追踪了一段时间这位病人医后的行为。烟是戒了,但人格没有改变,只是少了一个嗜好而已。

另一个戒烟的朋友走了不同的路。戒烟之后,他参加董氏基金会，从事戒烟宣传；有的人会从戒烟延伸到戒赌、戒酒、戒槟榔等行为。

要强调的是，单一习惯行为的改变固然可贵，但是否可以将成果扩大，以保证习惯改变的深度，人人不同，不可苛求。

第二，确定要改变的时候，要采取有效的步骤，养成新的好的习惯，才能扩大改变习惯的效果。

单一事件的改变与人格成熟度非必然有关。最好的例子是韩信遭受了胯下之辱，但他忍下来了，后来成为汉初三杰之一，掌管军事大权。等到刘邦建立汉朝，家天下已成定局，韩信却不能及时隐退，结果被杀。为什么刘邦必杀韩信？国无二主。韩信恃功而傲，显然忘记胯下之辱的教训。那是人格没有转换的结果。

因此，在改变旧习惯的时候，要清楚地找到新习惯来代替，且新习惯必须与正面情绪结合，才能产生正面的结果，摆脱自身的沉溺状态。

28　行为改变是身心的改变

从旧习惯改为新习惯，勇猛的人也许很容易做到，但是这往往只是单一习惯改变的例子。只有将新习惯与正面情绪结合，才会发挥积极的力量。戒烟后变成义务戒烟宣传人，是新人格产生的正面行为。这种改变就必须通过学习的过程，把自己的经验传递给别人，与人分享，不然只是老掉牙的故事，显得薄弱。

最好的改变是接受批评。很多人喜爱自戴高帽子，也喜爱给人家戴高帽子，好像蟠桃会的众仙，相互吹捧。其实，学术必须公开、透明，以前保有多大的成就并不能保证现在还有那么大的成就，也不能保证将来不会出现比我们高明的人。

在科技界或医疗界，学术的合作与更新速度很快，因为他们的思想富有弹性，养成不断接纳新知的习惯，愿意互相合作，论文公开。

例如，阿尔法磁谱仪计划，由丁肇中博士主持，共有十六国科学家参与，目的是将仪器送上太空站测量宇宙射线，寻找反物质及暗物质，验证宇宙大爆炸理论。

这项高能物质的实验势必影响新物理世界的认知，也是人类走向外层空间的重要凭据，高度影响人类生命的探索。其获得的结果公诸世界，不据为己有，公开、透明、合作，展现了无私的学术立场。我们当然要以此来剖析我们的心态，激励我们向上、向前的心态。

第三，我们也要了解，有些习惯不能单靠毅力就可以改变，必须借助专家。

习惯与思想行为神经回路有关，但积习成癖，就会变成直接反射，脱离了思考的范围。例如，嫖赌与嗜毒。

我们大脑有所谓愉悦的回路，酒精与毒品摄入多了，常常会让愉悦回路迷航，终于形成瘾癖，意志力也就无法得到控制了。更糟糕的是，一旦成瘾，如果碰到不如意的事件，反而容易以酒、毒来麻醉自己，让人生活在另一个虚拟世界中。

在网吧过度沉迷与跷家都是由精神空虚引发的行为，而当经济环境恶化时，说谎或游荡行为就普遍起来了。这些较明显的精神异常表现，应该寻求心理或精神专家的协

笑言笑语

生活质量与安详

心态影响健康

心智不能退休

情绪的转化靠理智

28 行为改变是身心的改变

谈,以纾解心理的压力,同时更需要亲友的谅解与协助。

我们绝不能太简化问题的复杂度,以为更改习惯只是毅力问题,太强调毅力反而会成为执持,而更加疏远了亲友的协助。

因此,在习惯养成的阶段应该特别提高注意力与贯彻力。

29　完成法的人格化

一旦人格改变，气质就雍容高贵了，
吐属别有一番令人赞赏的风味。

● 改变是常态。

无常才是常态，无常才能容纳更多的新事物、新方法，产生新陈代谢的作用，所以佛教以"成住坏灭"来提醒我们，一旦走进了常态的高原，享受高原带来的种种好处，我们的思想便停止向前的脚步，守"成"而住的结果，只能往"坏灭"的深谷堕落，终至毁灭。

我们都耳熟能详："修行是修正想念行为。"修正必须改变，从负面转向正面，不是一件事一件事地改变，而是

29 完成法的人格化

习性的改变，行为的改变，最终到人格的改变与气质的改变。

我们经常听到朋友的改变经验，绝大部分是局部的改变，是习性的改变，但不是人格的改变。例如，很多人说以前脾气多大、多坏，但是接触了安详禅以后，坏脾气也改掉了。

是真的改掉了吗？要从人格的内涵去观察与判断。每个人都努力改掉坏脾气过，而且有很明显的效果，不再动不动就使性子、发脾气了。

这种习性的转移是被动的，有些是外在因素迫使我们不得不改变，例如，朋友的忠言、良言少了，等到引起我们的警觉，不改变是不行了。有些是家人的改变，迫于家人对我们采取了疏远的态度，表面应付，让我们警觉到连家人也不能和谐相处，非改变不可了。另一种是内心的改变，从发脾气的过程中，看到了自己封闭的思考与愚昧的判断，使自己无法发挥影响力，自觉有错而改变态度。

到了这时候，如果能更上一层楼，踏上人格的改变，才是真正的改变。习性的改变是节制性的改变，是行为态度的改变，例如，愿意接受别人的建议，愿意倾听他人的意见，然后做中和性的结论，习惯了就变成自然。

人格的改变是指内心深层的反省产生的信仰改变。信仰不单指宗教方面的，而是人生服务态度或工作价值的确认，不再以自己的功利为主要的考虑对象。

当人生以服务为目的或工作价值提升以后，生活是人我平等的协同运动，会自然涌出感谢与尊重，体悟到了成功背后有那么多默默耕耘的人，汇成一股庞大的力量，让我们在这个大力量中发挥专长，获得成功。因此，从内心涌出源源不断的感恩与尊重，这时候，才会有所谓的人格改变。

一旦人格改变，气质就雍容高贵了，吐属别有一番令人赞赏的风味。

30 "帝网重重"

> 只要能通过宇宙能量场,可以随时随地存取任何想要的信息。

● 我们对埃德加·米切尔(Edger Mitchell)应该不陌生,在1971年1月31日,他搭乘阿波罗14号登上月球,3天后,在回程中,他突然引发了敏锐的知觉能力,激动地发现了万物与宇宙之间一体的紧密关系。回到地球后,他致力于量子全像(quantum hologram)的研究,开拓奇妙的意识世界。

他有篇论文《自然的心灵——量子全像》("Nature's Mind: The Quantum Hologram"),重新诠释心智科学。也许这不太符合科学的严谨操作系统,但是心智的先知者必须承担漫长的寂寞旅程。

依据量子论,一个"量子体"(如电子)可以在同一时间存在于1个以上的地方。它不只是存在于直线的时空中,当我们是观察者的时候,它才是"粒子"。粒子在不连续能级间瞬时跃迁,即"量子跳跃"(quantum leap)。

量子物理学有个"非场所"(nonlocality)或称为"量子远端作用"(quantum action-at-a-distance),某个量子体可以瞬息影响相互关联的另一个量子体,不论它们分隔的距离多么遥远,也就是说,某个能量可以影响另一个地方的能量。

所有粒子也是息息相关的。所有的知识(information)都存在于量子场域里,随时可以取用。每一个粒子发射出自己的量子全像,不管它存在于地球,或宇宙中的其他星球。

这就是佛经所提到的"一即一切,一切即一"的面貌。

佛经也提到帝网重重,帝网即因陀罗网,出自《吠陀

30 "帝网重重"

经》。此网的每一个接点都是宝珠,宝珠又映现其他的宝珠,无限交错、相映。这和《华严经》所谈的十玄门是一样的。

我们来看《因陀罗网》颂:

> 重重无尽的网与线,布满宇宙。
> 水平的线造就空间。
> 垂直的线成全时间。
> 每一段交叉的线都是单一个体。
> 一个单一个体就是水晶。
> 亮而透明的宝珠。
> 绝对存在的大光明。
> 遍照,贯连每一颗水晶。
> 每一颗水晶映照网中的无数水晶。
> 无数水晶又映照无尽的水晶。
> 如是无量复无尽。

这不是量子全像吗?只要能通过宇宙能量场,可以随时随地存取任何想要的信息。在量子层次,两个粒子可以

103

情绪力：从内心开发天地

同时起作用，无论距离多远，都是单一系统的一部分。只要联络上某个人的量子全像，就实现了"非场所"的信息传送，通过心念传送到对方，从而沟通了能量系统，当全像图出现时，从事能量支配，进而产生能量共鸣，即心电感应，或称为以心印心。

31 航向内心世界(一)

> 任何情绪都源自过去岁月残留的伤痛印痕,在藏识里埋下了种子,现在借机遇缘冒出头来。

● 狄巴克·乔布拉(Deepak Chopra)在《不老的身心》(*Ageless Body, Timeless Mind*)提到10项积极主动态度的掌握要诀,处处说明了一个心智成熟的人,在人生旅途中散发着光热,因为他们对自己每一阶段的生命,都能描绘出积极奋斗的正面目标,掌握生命每一阶段的成长智慧。

第一,聆听身体所发出来的智慧,注意身体发出来的信息。

当我们决定采取行为的时候,首先自我检验:这样做好吗?会让情绪泛滥吗?会让身体感觉不舒服吗?如果是正面的情绪,如热情、兴奋、昂扬,同时身体有扩张不压缩的感觉,表示你可以全身心投入,无悔无憾。

第二,明明白白地活在当下,因为这是你唯一拥有的时刻。

谈"活在当下",记得主张生活禅的李元松老师,讲了一句非常有力的话:"倾宇宙的力量活在当下。"气势磅礴。没有错,生命只是当下的存在,当下才有全部的感觉可以与宇宙共振。唯有当下的生命是宇宙所赐,当下才可以全感情、全理智投入其中。聆听自然的声音,感应自然的节奏,那个才是活在当下的声音与节奏。

第三,找段时间,静下来默想,听听内心的声音。

自古以来,智者经常利用打坐、漫步的方式,将整个身心安顿下来,让兴奋的情绪归于平缓,利用这段时间,让自觉来温习内心的世界。这时候,你才可以发现你的真实存在,不必要依附别人的想法,不必要受外缘起伏的牵动,用心欣赏自我吧!发现自我才能欣赏自我,才能尊重自我;也才能发现自己对内在的自己,竟然那样陌生,因

31 航向内心世界（一）

为我们抛弃自己。

第四，摒弃老是想要得到别人认可的习惯。

人根本不需要取悦别人而存在，每个人都是独一无二（unique）的天帝宠儿，有个别存在的价值，不必为了少数人的偏见而烦恼、投降。认清一个事实：舜何人耶？予何人耶？有为者亦若是。碰到趾高气扬的人，碰到自以为是的人，大可转头离去。

第五，当你发现对某个人或某件事物感到不满或愤愤不平时，其实是自己跟自己过意不去。

我们一再说明，任何情绪都源自过去岁月残留的伤痛印痕，在藏识里埋下了种子，现在借机遇缘冒出头来。这也证明了我们没有好好地抚平伤痛的印痕；没有通过真诚的反省忏悔，把伤痛的种子（无明）连根拔掉，类似的情绪将如影像般重演！为了转移内心的伤痛，不敢向内心清算，会假借理由或行动掩饰、美化。如果你肯花点时间阅读弗洛伊德的心理学，就会发现我们心里隐藏着好多不可告人的丑恶念头呢！

32　航向内心世界（二）

> 尊重你的每一个念头，它在引领你与宇宙同步，与全人类同步。

● 前5项谈的是自己对外缘的心理反应，这些心理反应会引发情绪的涟漪以及扩大为行为的自省。但是，我们是全体的一部分，正如我们的身体由几十兆的细胞组成，每一个细胞都是生命体全体的一部分，你我是相同的细胞构成的，差异是由情绪、思想、观念等抽象的东西造成的。到底该如何对待这些抽象的意识呢？

第六，卸下审判的包袱，就会觉得轻松了很多。

人们习惯于碰到事件时，运用经验下判断，然后做结

32　航向内心世界（二）

论，分出对错，采取积极或消极的态度。如果不能在过程中加上谅解，却保持审判的眼光，彰显自己的聪明才智，事件永远会层出不穷。

采取谅解，表示你仍然可以拥有客观的态度，不但可以接纳别人，也接纳了自己，因为"多爱一个人就等于多爱你自己一点"啊！

第七，不要污染你自己，不管是用食物、饮料或垃圾情绪。

爱别人等于爱自己，因为每个人都是人类经过几十亿年的演化而成的个体，都是由几十兆个细胞组成的组织体。回过头来看看这些细胞，每一个细胞都有生命且有意识，它们相互连接并和谐运作，让我们的身心健康，保护细胞是我们的责任，尤其负面情绪对细胞造成更大的伤害，这是自己杀害自己啊！

不要随便表露不良的情绪，它伤害了自己，同时也伤害了别人。

第八，外在的世界反映的是你内在真实的自我。

自我影像是我们意识描绘的活动世界，乔布拉讲得好："你最爱的人以及你最恨的人，都是你内心世界的投射；你最讨厌的人或事，也就是你最讨厌自己的那一点，你最喜爱的人或事，也就是你最希望自己具备的元素。将这个'反映'的关系当成一面镜子，用来指导你的成长，你的目的是完全了解你自己。当你达到这个境界时，你最想要的特质，自然而然就会出现，那些最厌恶的习性也会不胫而走。"

我们要打败的不是敌人，因为世界上没有敌人，敌人都是我们意识的产物，因为你不能立即给予谅解或表达爱，在犹豫中便生出了拒绝、规避或反击的念头。那些都是心灵的阴影，消除它们，留下一面清澈的"大圆镜智"吧！

第九，用爱的动机打败惧怕的动机。

在人类的成长过程中，避免不了种种的伤痛，比如，得不到心爱的东西、亲友的冷漠、长辈的失能，或者遭遇不公平的待遇，这些都会在心中刻下伤痕，这些都是引起

32 航向内心世界（二）

恐惧的原因之一。如果没有办法消除恐惧的根源，它们便会时时涌上心头，腐蚀心灵的健康。为什么要让那些"过去"的阴影一直干扰"现在"的生活呢？

找到真正的"安全感"才是弥补恐惧的良方。勇于摒弃过去，把握现在，用真实的感情活在当下。在忏悔及原谅之后，让现在的每一刻都是"本来无一物"的状态，我们以谅解和爱、鼓励和自信来面对生活，充实内在的力量，这才是活在当下的支撑。

第十，记住，物质世界只是内在深层智慧的外在反映而已。

这一点是第八点的延伸，也是寻回自己力量的关键。我们都知道"色空不二"，物质和能量能够相互转化，但是在它们转化的过程中，什么是主导力量呢？是心灵与爱。爱是充满了丰富感情的热能，能够消除隔阂的墙壁，让热情熏炙心灵的升华。乔布拉说："智能是组织所有物质和能量的力量来源，而这智慧的其中一部分存在于你的内心，因此，你也参与了宇宙组织的部分工作，因为你和宇宙有着不可分割的关系。"

智慧不是聪明才智，是整个宇宙完美运行的核心，它让一切条件井然有序，生生不息。你之所以存在，因为你与宇宙结上了良缘，否则你必然解体。因此，尊重你的每一个念头，它在引领你与宇宙同步，与全人类同步。

内心的平静才是伟大力量。

在一无遮拦的空旷，是灵感掀动内心而来的动力；

在一无遮拦的空旷，你才能重新肯定你的存在；

在一无遮拦的空旷，你将独立地选择方向；

在一无遮拦的空旷，你没有任何理由要找个依靠；

在一无遮拦的空旷，那是唯一可以与天靠拢的时刻；

在一无遮拦的空旷，你是谁？

在你内心中寻找答案吧！

33　时间的思考

> 时间与空间就是意识的制约，当我们身陷其中时，便失去了认清事实的能力，只能见到假象。

● 过去、现在、未来，像一条连绵不绝的轨道，走向无际。我们一直相信：时间以及发生在时间内的一切事物，都是直线前进的。时间会流动：时钟一秒、一分、一小时地向前游动，永远不停歇。

世尊却说："过去心不可得，现在心不可得，未来心不可得。"

六祖惠能说："刹那无有生相，刹那无有灭相。更无生灭可灭，是则寂灭现前。当现前时，亦无现前之量，乃谓常乐。"

刹那即永恒？刹那，刹那？

六祖又说："汝但心如虚空，不着空见，应用无碍，动静无心，凡圣情忘，能所俱泯，性相如如，无不定时也。"(《机缘品·智隍条》)

这里的"定"指的是"绝对"，也就是"无执禅定"，不是入定出定所涉及的"空无边定""空无觉受定"。

耕云老师说："到了离执禅定，前一分钟的事到了第二分钟就如春梦了无痕，没有踪迹了，自然就活得逍遥自在，完全是解脱、安详了。"

他又说："要泯除一切事理，活在社会中，调和大众，敦伦尽分，而不被事相淹没、纠缠或缠缚住我们的道心，就只有行深般若。"

脱离相对的桎梏，脱离线性思考，不被现象的时间所惑。

33 时间的思考

爱因斯坦说，空间和时间并不是绝对的，而是相互关联的。在相对的意识里，时间被嘀嗒嘀嗒切割成一秒一秒的线性时间，脱离了相对，进入了绝对领域，这就是一个统一和谐的世界。

所以物理学家约翰·惠勒（John Wheeler）说："空间、时间的观念，根本上就是错误的，连带前、后的观念也是错误的。这种论调说起来容易，要说给世人知晓很难。"

时间与空间就是意识的制约，当我们身陷其中时，便失去了认清事实的能力，只能见到假象。所以永嘉大师说："常独行，常独步，达者同游涅槃路。"这个"独"是特定的，不是独自一个人，独是远离相对意识的，远离二元、多元的束缚。

34　跳开时间的制约

要重新认识生命是开放的、无尽的。

● 我们一直受到线性时间（linear time）的观念引导，以为时间是绝对存在的，被我们量化成一小段一小段，称为分秒日月。这种量化其实是"意识"的刻度，是觉察到变化的一种认知反应。

我们离开那个"相对"的状态，永恒就会呈现出来。因为"诸法如义"，"如"是统一场，我们要觉察到那个"不变"，"时间"就不是现在这个样子的，可以慢慢学会让"不变、永恒、绝对"也能够新陈代谢。

34　跳开时间的制约

从这里我们可以体会到，在身心的轴心上，有那么一个核心部分，不受感官知觉的干扰，独立塑造了人格或智慧。

对世界的认知看似不自觉，但实际上是学习来的经验，所谓社会、世界，甚至身体，都是通过学习认知的，如果认知改变，对世界观念的感受或体会也会改变。

量子物理学的发展，告诉我们：存在于外在世界的各种事物，尽管看起来都像是真实的，但如果没有观察者，要想证明真实的存在根本是无稽之谈。

没有任何两个人的世界是完全一样的，每个人眼中的世界都不尽相同。

要重新认识生命是开放的、无尽的。人的身体是超越年龄的，心灵也是不受时间限制的。摒弃习以为常的观念，不要把自己束缚在躯壳里，沉浸在外界绘成的图画中，取而代之的是无时间观念，以及无休止转换的量子场原理。

量子场创造了宇宙、星球、轻粒子，包括我们人类。无休止的创造力是宇宙的本质，我们是宇宙的一部分，当然拥有永不休歇的创造力。

不过，不要又进入另一个圈套，宇宙形成之前没有量子场，你可大胆跳过爱因斯坦、波尔、海森堡大师的论说，直接呈现伟大的心灵智慧！

35 过去的经验拧乱了心的面貌

> 反省是连接过去的错误行为,尽可能找出原因,将根株斩断,使藏识中不再存有类似的无明种子。

● 反省是连接过去的错误行为,尽可能找出原因,将根株斩断,使藏识中不再存有类似的无明种子。我们从小到大,在学习与成长的过程中,必然会养成不良的习惯,储存痛苦的记忆,留下刻骨铭心的创伤。

这些隐藏性的意识,在日常生活中会莫名其妙地涌上心头,干扰到生活的质量,也影响到对事理判断的客观性,甚至阻碍了实现理想的勇气。

反省就是连接过去,从而发现我们的心灵经常呈现着不平衡或不协调的状态，不平衡或不协调的心灵状态是过去的无明所形成的干扰因素，不知不觉侵蚀了心灵的统一性。这些统称惯性，是清明心灵的电阻，让心灵无法流畅地倾泻出明亮的心态，生活上自然显得不自在，情绪随时会爆出不和谐的火焰，对生活产生各种负面的影响。

例如，著名的精神病学家大卫·威斯科特（David Viscott）在他的《情感解放》（*Emotionally Free*）中提到：

> 当你背负着情感的债务时，你对未来抱有悲观的态度，即使正当年轻力壮，也经常渴望回到过去，以此弥补曾经失去的爱，以及错失的机会。
>
> 有时候，甚至希望从一个已经离开你身边的人身上，得到更多的关爱、更多相处的时间，或者有倾吐心声的机会，好让你卸下沉重的情感包袱，或者只是获得一个能够问清楚往事真相的机会，以便解开积压心中多年的郁结。

35　过去的经验拧乱了心的面貌

感情的创伤或悔恨、事业的冲撞或失机,种种不如意往事的回忆,纠结着心灵,带来痛苦,让我们不能从容地正视现实,反复掉落在过去的陷阱中,把现在变成过去的影子。

如果有机会到敬老院走一趟,絮絮叨叨的话题都绕着过去的记忆转动不休,细到小时候如何捡拾牛粪、如何钓鱼,都津津乐道,反而对现在忘得一干二净。

这是人类特有的回忆的陷阱,过去时间的纠葛,磁吸性地黏在过去无法重现的日子里。一个健康的人应该意识到:

> 你可以思索、悲叹、渴望,但不能一直想要回头去弥补旧有的情感经验,因为你永远也回不去了!

大卫·威斯科特这样郑重地叮嘱我们:

> 你真正的家就在这里,只能活在此时此刻。唯有此时此刻,可以让你行动、反应、蜕变,让你成长。

过去的就让它过去吧！不过，先得花点时间深入地反省，心坎儿里没有过去的阴影，就可以过着统一和谐、心灵自在的生活啊！

这让我想起婆子卖饼的公案。德山宣鉴向道旁卖饼的婆子买饼，婆子狡黠地问他："过去心不可得，现在心不可得，未来心不可得。请问上座，您要点什么心呢？"

德山陷在经论的思索惯性中，一时没有办法在现实生活中把握当下，竟然愣然惊煞。我们习惯性连接过去，把过去连绵到现在，现在变成了过去的阴影，过去把我们拖往时间的洪流！

36 从内心开发天地

自我实现的最高层次是心灵的健全发展。

● 马斯洛的需要层次理论提到最高一级的自我实现。但自我实现不是一个单独的层次，它必须通过社会安全与工作交往来实现。

当我们的社会进入比较富裕的阶段以后，如果能够摆脱外界诱因，不被垃圾东西吸引，并且可以在内心建立精神防卫体系，那么自我实现的醇厚味道就会渐渐散发出来。

我们的社会老早就步入富裕社会了，只要回头检视人类活动的历史，即刻可以发现：文艺复兴运动激发了人类

情绪力：从内心开发天地

精神创造的力量，让人们可以在有限的物质条件下，过着悠游自在的生活，百工千艺从此走上工艺艺术化的道路。

工业革命以后，机械动力代替了人力和兽力，使经济活动蓬勃发展，再经过两次世界大战的洗礼，目前的世界已经逐渐扩散出相当富裕的生活。基本上，如果通过合理的分配及产业分工，人类的确可以过着比过去任何世代更好的生活：不虞匮乏，不虞天灾地变。

这时候，如果只注重物质方面的享受，心灵受制于物欲，生活质量当然向下沉沦，回到原始的安全需要与社会需要层次，过着高级的低等动物般的生活，那是一件多么可惜的事。

例如在商业活动中，许多发明都是以刺激生物欲望为基本目的的产销活动，利用喜新厌旧的心理不断更新产品，以刺激购买欲望，这些产品最大的广告是美女粉腿、丰胸娇媚的诱引，从人类最基本的性欲诱导，从而产生与产品的连接。

这种广告除了不断激发喜新厌旧的购买欲望外，还间接地暗示了伦理叛逆的合理化,对学术的不尊重,对道德伦理制约的反抗,从而引发家庭、社会关系的破坏与重建。这一连串的过程,显示了破坏性创新的合理化,刺激了低层需要的翻升以及社会秩序的重组,即重视现在的享有,漠视规范的尊严。

唯一可以提升质量的方法就是加入"自我实现"的需要。自我实现是人类审视生命尊严的必要过程,生活与工作分不开,到底工作到哪种程度才是生活质量提升的必要条件?或者说,我们工作是为了什么?为了生活需要、社会认同、提升社会力,还是展现个性能力?

有了内心的省思及行为改变,当生活质量加入了自我实现的需要时,我们就能勇往直前。例如,服装设计、工艺设计、庭园设计,是早期进入自我实现领域的活动;现代则更加注重环境整体评估、社会文艺改造、学校特色教育,以及心灵重建、读经书运动,深入阅读习惯……这些活动都在更普遍地将自我实现与社会需要和尊重相结合,形成了一股明显的风潮,将人类带往更高层次的需要。

自我实现的最高层次是心灵的健全发展。

请不要误会这一层次专属于宗教。

宗教的发展是人类精神心灵发展的关键,但是宗教的实质内容常有模糊的神秘地带,因此,很容易涉及迷信及奇迹。

奇迹虽然能加强信仰的力量,但不具有普遍性,有诱惑力但是没有实践力,遂沦为一种社会关怀与救济运动,这是往好的方面发展的。很多情况下,神秘与奇迹的结合形成迷信,迷信让人丧失理智,阻碍健全心灵与心智的建设,是人自我贬抑的行为,应该受到谴责并予以禁止。

宗教活动要与人文、科学交流,在彼此对话中,相互激励新的观念与作用,具体地开发心灵园地,让宗教能够站在比较高的层次,综合或引导人文、科学的论述,建构普遍的原则。

除了宗教,专制政治也是斫伤人类心智、阻碍人类走向自我实现的杀手。中国传统文化拥有良好的工艺制作,但不能形成文化的规模并融入生活实质，因此难以提高心灵境界。例如，瓷器是中国工艺的顶尖艺术创造，融合了非常丰富的人文气息和精湛的科技工艺，但只能提供给皇帝使用，以欢愉皇宫的主人而已。

如今，宗教和专制已经不能成为心灵的障碍了，是个人实现自我的良好机会。这需要社会中的每个人学习开放的态度，以接纳和欣赏的眼光来润泽大众的心灵，共同开创文创产业。

37　随时重新出发吧！

随时将心灵领回那片宁静祥和的地带，那里可以建立宁静的殿堂。

● 正面情绪发动的行为，例如，爱、怜悯、宽恕、激励、美与感激，都与当下的生命连接在一起。唯有当下的时刻才会洋溢这些奔放的热情，扩散无私的大爱。

这些高贵的情操都发源于一个明亮的心境，只有在一片广阔无涯的心源中，纯粹地迸出火花，才会那样令人陶醉。

试试看，这些情操并不需要过去的经验，也不需要任何的嘉言，纯然不需要表层意识的审慎。难道你要在脑中

从细胞说起

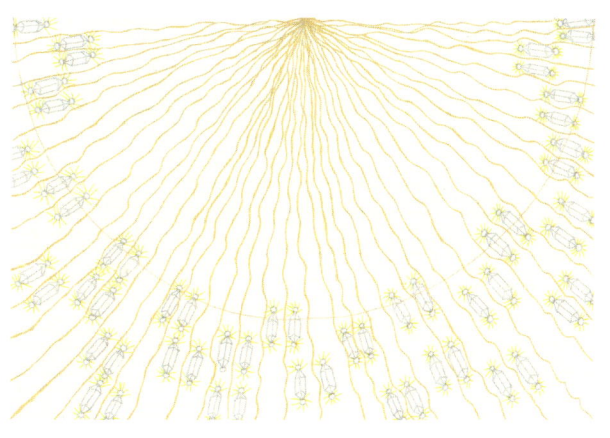

第一念的质量非常重要

从因缘法中向众生学习

选对了自己的位置

了解自己的情绪

情绪与精神力量

心的磁场

人格特质与行为

37 随时重新出发吧！

搜寻记忆中什么是爱、宽恕吗？难道你要停下来考虑该不该爱、宽恕吗？

也许，许多人习惯于思考，但经过思考而来的爱、宽恕等，往往都是有条件的，是把心量缩小而发动出来的，甚至稍为犹豫就不见了，取而代之的是主观的判断。因为我们太习惯于运用主观诠释事情，已经笼罩在过去的阴影中了。

如何扫掉过去经验中的阴影呢？美国心理学家狄巴克·乔布拉的《不老的身心》提出下列5个步骤：

一、了解你惯用的主观诠释方法。发生冲突时，我会告诉自己：我的观点可能太偏颇，真理并不是我的专利。

二、抛开旧想法。当我紧张时，把它当作暗示：是不是我太执着于固有的想法了？

三、从另一个角度来看事情。我将注意力集中在身体内的感觉，我的心便自然而然开始偏转方向了。（这是说：太重视内心的感觉，便会被主观的情绪牵动。)

　　四、冷静地检讨对过去经验的诠释，它们是否合乎时宜。

　　五、重视事情的过程，甚于针对它的结果。太注意事情的结果，求好心切，压力就产生了（客观的诠释就消失了）。

我们内心的深处是一潭清澈的湖泊，时时汩动着阳光般温暖的情操，绝对没有混乱的波纹。随时将心灵领回那片宁静祥和的地带，那里可以建立宁静的殿堂。烧一炷爱的香，让爱的香气传达内心的感动。

不要停下脚步问：我该准备开始爱吗？什么时候爱？要付出什么？……这些念想都是负面情绪烧出来的烟雾！

记得，把心调到空空朗朗、心灵清澈，但请注意，不断地涌现安详、感恩与爱才是正觉。正觉是生命与宇宙同步的共振啊！

附　录

反省的进程

——澄海师兄第六、七阶补充及妹珠心得整理

> 反省并不能只看见表层病兆，还得往母株探，直入病根。

● 二元世界是有限的时空世界，你、我之间的界线一旦成立，成长过程就是不断加深这道界线痕迹的历程。一个习性的蛰伏少说几个月，多者沉积好几十年，要拿掉它必须下一番苦功，何况这种根深蒂固的无明。所以反省并不能只看见表层病兆，还得往母株探，直入病根，必须极精细，极有毅力、耐心，澄海师兄惯常称这种努力为与"地心引力"拔河，贴切极了。

以下两篇为与澄海师兄多次对谈后，我由无明的张扬，到看见它、承认它、面对它的历程。感念他一路提领，也感念与正法相遇之难得。以下就以日常生活中与他

人生气的来去历程为例,说明如下。最后两阶因末学还无法纯熟,所以有劳澄海师兄补足。

第一阶段,我错我改,说服自己承认错误,但面对错误,内心却无所觉。至于对方,你错不改,却要我承认只有我错,我不服,检讨别人的部分比检讨自己多,心中负面情绪汩汩而出,我执更重。

第二阶段,我错,随着反省深度的加深,较深入地认识到自己的缺点,发现自己是个虚伪、表里不一的人,想改变但力量薄弱,反省无力、沉闷,表现于外在的道歉与行为是机械性的、照单全收的,这是一无是处的自责,无着力点,负面情绪更重。面对对方的错,无奈多于气愤,只因你我皆是罪恶极多的人。

第三阶段,我错,我改,随着反省的更进一层,道歉的心有所感,负面的心起了些许对不起的念头,心逐渐柔软起来,不得不承认自己所闯出的祸害,才明白修心免造业的可贵。至于对方,我的部分,是我对不起你;而对于你错的部分,你不改,我同情多于无奈,同是天涯沦落人。

附　录　反省的进程

第四阶段，我错，我改，随着反省深度的加深及获得修心的肯定，我兴起此生愿改头换面的念头；人身难得，感念我有六识的感知，令我有觉察能力，正面情绪逐渐取代负面情绪。反省的进程仍进退不一，单一事件的反省大致可把握，事后觉知错误的时间逐渐缩短，但事先觉知错误的敏感度不足；某一缺点隐伏在不同事件中的觉知度不佳，但停滞一段时间，回头将相关事件汇总归纳，就会发现共同的敌人，这时的反省，会更加警惕并能更凝聚。柔软、宽恕与关照的心境较易展现在日常生活中；亦能随着我执减少，人身难得的体会更真切。你错，你不改，可理解，愿意恳谈、交换意见，"你"的对立少了。此阶段较第三阶段的同情，多了积极面，希望你好，你改正，并不是只有被动同情。此时"你"已几乎降到非对立的一方，是同一战线的。

第五阶段，我错，我改，是对正面力量的期许，因已品尝到头越低、心越软与周围结善缘的好处，更加感念人身难得，心力的向阳性更强，更能看清自己的缺点，并面对它、改正它。随着我执的减少，心中的压迫性减轻了，客观的我较易主导全局。针对你错的部分，将其作为一件事来分析，已逐渐淡化"你"的部分。与第四阶段不同的是，前者的理解存有说服你的念头，而后者的分析中，你与对立的概念已不存在了，而是由我从客观角度来看这件事，并非处理"我"情绪的部分，不再勉强对方按照我的反省去走。

第六阶段，两个我——客观的我与主观的我经常出现。反省能力增强后，就能主宰心的国，外缘一动，历历分明。有时，我着意挥上一朵花，开个玩笑，让你我之间的感情更绵密，原来你与我都是可敬、可爱的人，眼光射出了温柔的线条，有你真棒。有这段时间，更棒！因为我与你同在。连梦境中都可以看得很清楚，甚至梦的剧本也可以改变呢！

第七阶段，"思想的我不是我""工作的我不是我"的绝对意识经常出现。

真诚地活在每一个时刻，你、我或他都是真诚地活在当前的时刻，都是在生命流中携手共进。不管你知道不知道，我们在洪荒之前相逢过。

通过对自身发展进程的反省及分析，可清楚自己进步的情况，才知心量的升降，及对心境的掌握程度。方才领悟，旧过若不改，将成为新过的素材；新过只在一瞬间即成形，所以念念自知有多重要。验证自己有没有进步，就看自己与所在的对立世界是否和解，若周围的人因你的存在而减轻压力，充满温暖、信任、喜悦，便是说明你的安详能量已具备感染力了。

反省知多少

——整理自澄海师兄情绪相关文章观后

> 反省是一段段自我挑战的历程,从情绪的改变,到生理、态度、行为、人格、信仰的改变,最后是气质的改变。

● 反省是一段段自我挑战的历程,从情绪的改变,到生理、态度、行为、人格、信仰的改变,最后是气质的改变。反省一段段重生的历程。

一、情绪改变

一遍遍反省的目的,是引导情绪由负面转为正面。

1. 内涵:理智与情感双运,前者关系到正见深浅;后者涉及意志、决心与自我鼓舞程度。

2. 窍门:情绪转换要把握在关键神经传导的90秒钟内。

3. 方法：(1) 暂不响应；(2) 置身于放松的情境中；(3) 沉静下来反问自己，并放下情绪进行理性思索。

完成 (1) 与 (2) 的步骤所花费的时间越短，或直达 (3) 的速度越快，就代表越有进步。

4. 过程：念念自知，念念共振，念与念之间逐渐形成有序的排列，意识活动也逐渐明确。

5. 进程：在正向改变的过程中，态度越来越积极，更具建设性与活力，也越发感到轻松。

二、生理改变

情绪一改变，生理就会跟着改变，心会先静下来，自律神经先起变化，如心跳、脉搏、血压跟着慢下来；脑部的神经传导回路开始发出缓和下来的信号，接着嘴角自然上扬，脸部肌肉放松，眼窝四周、双眉与额头到头顶都跟着放松，讲话声音由死抵喉头到轻振声带，声调自然略微上扬且清脆。

三、态度改变

当具备主导情绪的能力后,理智会催生客观的意识。陆续做了几次后,主观、自我的思维会逐渐被客观、协同的思维取代;尤其在体悟"因缘法"观念后,了解缘聚缘散,时时在变,没有一刻是能把握的,但变并不是无奈的,背后展现的是"宇宙共振"的优美旋律与平衡,所以,了解无常并不会感到无奈,而是发现无限可能。了解这点后,心头自有归向,力量便会出现。

四、行为改变

行为的改变,较易改变的是"单一事件"。从表面上看,一次反省就能产生一次改变,效果很好,但这种反省"对事不对己",没办法根除习性,属于被动性改变,但这种被动性改变却是必须经过的阶段。再进阶就必须做到"主题式反省",打破事件,针对个人重要的行为缺点做反省。做法是:选定一个缺点,如贪婪、怯懦、骄傲、不服输等,只盯牢一项,以一段时间为期,看见它如何在情绪起伏中大张旗鼓,最终"凯旋",最终把自己欺瞒。——

看透这些，才可能承认自己的错，才算略有进展。通常态度及行为改变会反复一段时间，相互涵摄，一起增益，稳定度才能显著提高。

五、人格改变

进入这一阶段，是反省的一大阶，必须先认清前面几个阶段只是在你心性不牢时的游离，内化稳定后，自然会进入人格改变。内化后的认知须注意以下几点：

1. 关键：新习性加正面情绪，取代旧习性。

2. 过程：从被动地一件件改变，到进行主题式改变（类似事件或习性的改变——你愿举一反三，借此心力，把相关的习性一并改变），再到人格改变（由旧习性反省到新习性的养成，这往往涉及自己成长之路的回顾与改变）。例如，你由不喜欢叠被，反省到自己不是只犯了不喜欢叠被这一项习性，而是所有事务的条理性都同时受到考验，于是你由叠被开始到整理房间、书桌、抽屉，到档案的归档与整理……再进一步反省到你不喜欢整理，也一并影响到你从小到大做事情的条理与面临决断取舍的果决，因此做事效率不高，拖泥带水，严重影响自信。所以你决心改变，这就属于人格的改变。

四阶、五阶之间极易反复，如何审视自己精进与否：

1. 原则：是否具客观性，能时时把反省的箭头指向自己，做自我审察。

2. 初始：是否能下定决心，脱胎换骨，不以习性改变为足。

3. 审视：是否仍成天说"我认为""我相信""我觉得"。

4. 进展：避免沿用旧习性，不断回忆过去；能朝着不断学习且具有活力的方向前进；与人分享及接受批评的气量越来越大。

六、信仰改变

人格改变后，对自己的在意与执着减少了，逐渐看见别人的需要与不得已，热情与怜悯的心涌现。在人格追求上，开始关注服务态度及工作价值的确认，愿意往为众人服务的思维上前进。在这一阶段上，心境已具备人我平等，开始朝向宇宙共振的人生观践行。这时，心生尊重及感恩，尊重个体的差别性与因缘俱足性；感恩个人因共振而得以俱足存续，乐意协力共生，回报众生恩、宇宙恩，来到这阶段，已显示逐层拿掉"贡高我慢"的评论者，卸下错把高傲当同情的救世主、大善人的枷锁了。

七、气质改变

由只看见自己内心的不足、失去与拥有，而产生恐惧、畏缩、高傲、自大、主观自恃等心理，变成心中有别人，愿分享，听听别人说的，邀大家一起来参与，于是宽容、热情、随和、温暖、乐观，成为改变后的气质。从你眼中看去，世界是美的、有条理的，自成秩序，人人都可爱。对于不爱惜自己的人，你更能深表愧疚，因为在成长的路途中，他身边没有足够智慧与机会，让他识得世界的美好，以致受伤太深，无法顺序茁壮，并成为正向共振的一员。

情绪力：从内心开发天地

此时的你，可以掌控情绪，无须受制于外境，所以你是自在的，也深觉人身难得，愿意为倡行身心协合的安详而努力，自信的大门就此打开。

读后感受

工作中多一点理解，
生活中就多一点芬芳

—— 若水（长沙）

体谅对方也是忙人

我从事物流工作有好几年了，一开始心里特别害怕，不知道怎么和人打交道。每天要和很多不同的人来往，你不知道今天会遇上什么事、会遇见什么人。

分享一段经历：

有一家饲料厂的原材料需要配送，一共40多包，大约有1吨，要求送货上门。我们都知道这家工厂的地址，偶尔也会有货物往来。但那天是星期天，不知道客户有没有上班，所以事前必须要先和客户联络好，以避免货送去了客户没在的事情发生,那就白忙活了!于是我拨打了客户的电话,电话是通的,没人接,只能再打;打了好几次,电话响了几声,直接挂了。结果不明朗,但我还是要结果呀,只能继续拨打。估计对方被吵烦了,这次电话终于有人接了,对方口气十分不耐烦,我赶紧笑着抱歉:"到了一批货,不知道你们是否上班,所以要和您核实……"没等我说完,那头直接打断了我的话:"上班时间内,都会有人在。去保安室登记,我们会有人安排收货,不要总是一直打电话,直接送来就是。""啪"的一声,电话就挂了。既然有人上班,工作就能继续安排下去。我赶紧安排三轮车送货。

货物被送去一小时后,我接到电话:"上午饲料厂的几十袋原料,是你们物流送来的吗?""是的,已经安排送去了,是还没有送到吗?""你们是第一次送货吗?货物要盖雨布你们不知道吗?过安检时要消毒,打湿了产品,你们担得起这个责任吗?告诉你们,下次再这样,我们直接拒收,要么出了问题你们自己承担责任!"一下子心里一股无名怒火直往头顶上冲:打了不下十几通电话都

读后感受　工作中多一点理解，生活中就多一点芬芳

没有人接，后面直接挂了，好不容易通了，一句话不让我说完，直接让我们送，"啪"的一下电话就挂了，有什么要求也不告诉我们，这会儿送去了，又在这大发脾气。不过，转念一想：对方可能忙，实在没时间接电话，也许她每天跟太多的物流经常重复这个问题，所以忙碌中以为我们也是知晓的。片刻之间，我的心情恢复平静，赶紧说道："实在是抱歉，我们不清楚这个要求。谢谢你告诉我们，我已经知道了，下次送货我一定会记得交代清楚，把货物盖好了再送来！这一次也谢谢你帮我们签收处理了。太谢谢你了！"对方也意识到不对，语气也好起来了。并向我解释，因为担心外来车辆会带细菌入厂，所以每台车进厂时都要喷洒消毒水进行消毒。哦，原来是这样！我立马对她做事的严谨态度表示敬意。

挂了电话，我没有不悦的情绪留在心里，相反心里产生出敬佩与喜悦，因为多了一份理解，彼此就能原谅对方的不妥之处，换位思考了，感恩与敬服之情油然而生，不但中止了情绪恶化下去，也让喜悦如精灵般出现了。那味儿，就像茉莉花的香气在空气中久久没有散去！

情绪力：从内心开发天地

多一点赞美和肯定

我家儿子明熙喜欢玩游戏，这在亲友圈是众所周知的，我曾因为这个问题和他发生过多次激烈的"战争"，但都以失败告终！

我们之间没有办法沟通，因为他根本不和我说话，一回家，就进房间，把门反锁上！吃饭叫半天也不理你。如果你要再和他说下去，就是冷笑和鄙视！

老师跟我说："你要相信孩子，要赞美他，要肯定他！孩子是有无限可能的！"是啊，我总是期望他应该怎么做！我总希望他活成我希望的样子！我问自己，我期望的样子是怎样的呢？用他们来弥补我的遗憾吗？可是我又该怎么做呢？他这个深陷游戏里、仿佛失去了半个灵魂的人，还能活出无限可能吗？然而想想我自己稀里糊涂地活了半生，不是也在重新开始活一回吗？连我这样的人，老师都捡回来，不舍得丢。更何况我是给予他生命的母亲，难道要放弃吗？我是这个世界上唯一要对他负责任的人了，是我孕育了他，我有责任和义务去爱他、去赞美他。

读后感受　工作中多一点理解，生活中就多一点芬芳

更何况，我也不是一个合格的母亲！我从来就不会做一个母亲，我愚昧地认为父母就是对的，孩子就应该要顺从、要听话！我自己连做一个人都在学习，更何况是母亲这一职责？想到此，我的内心羞愧不已。

明熙住校，不管白天工作多繁重，只要他需要我，我都会晚上抽时间去学校帮助他处理问题。我常常煮上他最喜欢的菜和汤送到学校门口给他吃。不管他做了什么，我都会相信他，不再用自己的标准去批评他！只要他做得好，就要赞美他、肯定他！用行动去诠释语言。

渐渐地，春暖花开了！明熙慢慢地肯定我、关心我，也会主动和我交流了。

明熙说："妈妈，我一直以为全天下的妈妈做的饭菜都是好吃的，直到有一天，我的同学说他宁愿在学校吃饭，也不愿回去吃他妈妈做的饭！妈妈，您做的饭太好吃了，真香！我真幸福！"

一次，我去学校看他，在离去时车子的电瓶坏了，打

情绪力：从内心开发天地

电话请人来换了电瓶，折腾到很晚才到家。第二天早上7点多，他打电话来："妈妈你要多注意休息，要休息好，我不敢想你车坏在半路了怎么办。那时爸爸也是因为太辛苦、太疲劳了，才发生的车祸。钱可以少赚些，够用就行！我好多次都想跟你说，我不住校了，我走读，晚上回去可以帮你抄单，你就可以早点睡了！"我任由眼泪奔流，我想这也是幸福的泪水吧！我再三向他保证疲劳不开车，并告诉他"我很好，我只是做我该做的，承担我该承担的，这是我的义务！你目前好好复习，参加高考才是最正确的选择。来日方长，你的人生要有计划和目标！这就是对我最好的回报"。

明熙已是一个高三的大孩子了，在这个阶段的家长一般都是焦虑的。然而，他的一个举动把我从焦虑的家长群中解脱出来。过年从邵阳回来后，他要去学校报到了，他向我宣誓："从现在开始谁也阻止不了我好好学习了！"我才知道为了全力备战高考，他主动把手机放在邵阳，给了他哥哥！也就意味着，这个我曾经在心底认为有一半的灵魂陷入游戏里的孩子，开始主动拯救自己。作为父母的你们，一定能够感觉我内心的狂喜！这是一种生命的成长啊！而我这个母亲是多么感动！

那天，我和他在校门口的地上并排坐着，他说："妈妈，如果我努力了之后没有考上我想去的大学，我会觉得很难过的。"我看着他："熙，妈妈觉得你压力太大了，这样不行，你要放松心情！""妈妈，你怎么能这样和我说，你应该要鼓励我才是！""对，我是鼓励你，可我更相信你，平常心，努力过之后不后悔，没有遗憾！在你自己主动做出选择，当你把手机给哥哥时，我就觉得你真的了不起，大部分的人哪怕父母压制着都做不到，可你自己主动做到了！就算你没有考上你想去的学校，你依然是我的骄傲！你看妈妈，才读了初中。爸爸也走了几年了，妈妈不也撑起了这个家，我们不是仍然过得很好吗？你已经比我强太多了！爸爸也是这么认为的，不是吗？爸爸以前就说你比他强！所以我们都是满意的，只要你努力，你的未来有无限可能，你首先要相信自己！"他一下子泪流满面。这个大男孩，此刻在母亲面前才真的是个孩子，与之前和我争执、对我满是鄙视的少年，简直就是两个人！

情绪力：从内心开发天地

冬雪融化，春天来了！生老病死，命运更新！生命短暂，我们都不是最完美的姿态，可是感受着阳光温暖的我们，依然可以努力地向着阳光生长！可以用努力的姿态活着！不留遗憾！

我想这就是生命最美的样子吧。

安详即天堂

——王帅（北京）

● 要直趣无上菩提，先要从做个好人开始。通过践行《情绪力》而通往人天道，才有进一步升华的可能。

会心一笑

今天上午，我去公园散步，对面素不相识的大爷，看到我的笑容，也报以点头微笑，那种感动，突然让人热泪盈眶。

下午去洗车、维修空调，修车店的生意不大忙，我和老板娘聊起了天。和往常不同，她热情、耐心地陪我聊了很多，最后还给我搬了一个凳子，倒了一杯热水……我第一次发现店里有燕子筑的巢，据说已经在此七八年了。维修结束以后，我对工人师傅说了声："谢谢您！"师傅专门走过来，告诉我，有条件的话，以后使用完空调可以先关闭压缩机，再吹一会儿热风，这样不容易积累潮气、滋生细菌……世界就这么明亮了起来。

原来，先生的"微笑大法"是无上咒，是自己的心垢重重，才让自己笑不出来。原来先生的"谢谢大法"是无等等咒，是自己口口声声，却不懂得感恩。

净土在人间

再从每天的开车通勤聊起吧。

都市的早高峰车水马龙，车子开出小区，看到导航路线的"一片红"，我便开始了日常的焦虑。打卡签到，似乎是上班族的"金箍儿"，而那内在嘀嗒嘀嗒的时钟催促，则是悬在头上的一把利剑。

读后感受　安详即天堂

负面的念头一一引发，因前车太慢而抱怨、上班迟到而担心、事故车辆堵塞而躁动、行人穿梭而紧张，进而呼吸急促、眉头紧锁，陷入情绪的陷阱——不如早起10分钟吧，为时间留出一些冗余，也让自己紧绷的神经随着车流慢慢舒缓——试着轻启微笑，深深呼吸，迎接新一天的朝阳。偶尔遇见大堵车迟到了，也不打紧，这也是平淡生活的一种调剂品吧。

起初开车是很"紧"的，紧紧地跟在前车的后面，恨不得针插难入、水泼不进。不久便发生过两起轻微的追尾，事后给自己讲道理、算得失，总结技巧……然而开车时依然是高度紧张，全神贯注地应对前方的各种可能。

"这是我老老实实排的队，为什么你要加塞儿？"——美其名曰"当仁不让"。

"他不守规矩，没有按规定车道行驶。"——我要"替天行道"。

"豪车有什么了不起？一决高下。"——佛说"众生平等"。

…………

如是种种，我自鸣得意，不断强化自我的观点。爱人对此给我提出了意见，自己也体验过别人的平稳，为什么会这样呢？也许我应该做得更好一点吧。

"公交车不好转向，人又最多，让一下有功劳。"

"今天我让一下他，以后总有一天别人也会让我的。"

"我使劲儿按喇叭是因为他这样太危险了，我不希望这样。"

"他也许是路不熟，不知道要提前变道，就让他一下吧。"

"新手上路，理解一下。"

"女司机。"

…………

一路都是善知识啊！这样可以了吗？

读后感受　安详即天堂

不然，在邻道的车靠近时，自己的心里已经开始紧张了。负面的第一念起，人与我的对立开始，我开始随时防备着被插队的可能，是非接踵而来。这缺乏包容的偏执、不依不饶的强势，背后是自己多年形成的强烈的自尊心与对错观念，原来生活中种种矛盾也因此而起……渐渐地，我似乎可以放松一些了。

于是，我自认对负面的念头产生了警觉，扬扬得意地打断家人："你这个想法太负面了！你这是个负面的情绪……"直到看到"'批而不评'表现了深藏的无明——嫉妒心"。是啊！挑剔别人、审判别人，不也是负面的"第一念"吗？不也是那个"我"深深隐藏的傲慢吗？

再后来……与路上的车辆少了些对立，多了些默契；模糊了界线，流动着秩序。这画面越来越和谐，路上也可以聊一聊今天的工作、家庭的计划了。随着引擎的发动，二胡演奏的《心经》响起，迎着朝霞去吧，那是回家的方向。

天堂里也许没有车来车往，但我相信，那里一定有安详。

掌控情绪之正面反馈

——余桂芬（广州）

● 2019年6月8日（端午节），第一次在深圳见先生，就被他那爽朗的笑声、干练的语言、洒脱的神态所吸引。听到这位鹤发童颜、精神矍铄的老人说："我们应该离开相对世界，获得绝对心念，过得自在。"我惊喜万分，这不就是我内心深处想要的状态吗？当时我恨不得记下他所说的每一句话，心里没有任何杂念，只有温暖。

遇见先生的时间正值我的孩子即将上高二。高考的各种无形压力和极端情绪纷沓而来，要不是先生及时点拨，要不是先生的《情绪力》如同一场及时雨，恐怕很难渡过这一关。

安详是大脑活化的源泉

行为改变是身心的改变

"帝网重重"

过去的经验拧乱了心的面貌

反省的进程

读后感受 掌控情绪之正面反馈

孩子的成长、父母的牵挂；孩子的成绩、父母的欣慰。可能因为孩子一直在就近的普通学校上学，孩子总能不费劲儿地让自己成绩处于中上水准，我们也不怎么操心。但转眼到了高中，这是学业生涯的关键时刻，人生的重大转折点，我必须尽我所能去帮他，我下意识地将高考这件事提上日程，并将其定为首要任务。

我积极参与学校各项义工活动，寻找优质校外培训机构，为孩子做好学业职业生涯规划，填报志愿服务表，并精选清华、北大专业老师团队做学科网上辅导。我窃喜，一切都在我的掌控中，谁料到孩子经过学校一周封闭式学习，久违的计算机和手机却成了"亲爹、亲妈"，除了给你上一节网课，做一点点学校作业外，其余时间基本都在打游戏、玩手机。我心里急得像热锅上的蚂蚁，动不动就对他乱吼，我越唠叨，他越不听，最后索性锁上了房门。

2019年11月28日，第二次在上海见先生，再次被他的热情和睿智所吸引。在茶室里，经先生的引领、家人们的分享和连续唱《自性歌》，我的心好像被撬开了一样，情不自禁地放声大哭。在那个场域里，先生像个魔术师将我的心和其他家人的心凝聚在一起,让我们心心相印。上海之行结束后,我又像个跟屁虫般地跟着先生和师母到了长沙。第二天早上,与家人们一起在湘江畔的酒店和先生共进早餐。当聊到教育孩子问题时,我清晰地记得先生对我说:"你太聪明了!"先生的话像个锤子重重敲击在我心上。蓦然回首孩子被我拖着、拽着拼命学习的一年多,自己的急躁和焦虑在无形中传给了他。学校任务本来就重,我还兴师问罪、火上浇油。各种委屈、困惑、挫败感、压抑感找不到出口,难怪有一次孩子忍无可忍,情绪大爆发:"我不学了,不考大学了,没什么大不了的!"然后放声痛哭。思绪拉回来,认真回味先生的话,猛然发现自己好残忍。带着愧疚回到家后,认真阅读先生的《情绪力》,慢慢地,自爱能力、自我情绪管理和控制能力提升了,生命能量也开始慢慢扬升……

经过一番反省和忏悔后,我诚恳地给孩子写了一封信:"妈妈过多地干涉你在学习上的安排,我对你在学习上高要求、高期望表示歉意,请你原谅!我现在放低了对我自己和你的要求,只要我们稳住现在的成绩,肯定能上

读后感受　掌控情绪之正面反馈

比较好的大学，大学那么多，总有一所适合的在等着你，适合自己的就是最好的。办法总会比问题多，只要有勇气，相信自己，一切皆有可能。妈妈相信你，无论结果怎样我都接受，一切都是最好的安排。"

高考的脚步越来越近，4月底，我和他爸精心给他准备了生日礼物——一个带多种音乐、能变色且含有个人风采照的水晶摆件，作为他的18岁成人之礼："明理知信初成人，爸妈祝福你，感谢你！你是我们的骄傲！相信自己无极限，勇做追梦人！我们永远支持你！未来的你一定会感谢今天努力的自己！"

当我的心态调整后，孩子的状态也越来越好，自己主动查漏补缺，放下手机和游戏，争分夺秒，积极备战。我们鼓励他："面对高考，我们不妨将眼光放长远一些，站在自己人生的长河中来看的话，试卷是小天地，人生才是大考场。没有人因为高考就会赢得所有，也没有人因为高考就输掉一生。高考选拔的正是像你一样具备沟通能力、学习能力，有灵气、有智慧、有胆魄、有担当的复合型人才。相信自己！高考考的不仅是知识，它更是一场心理素质的战斗。我们要有直面高考的勇气，面对不确定的结局，要有勇气，要相信自己的智慧和能力能够顺利完成。"

随着孩子正面情绪不断地增加，生命力不断提升，自信心不断增强，最终考入了自己心仪的学校。

孩子能顺利地完成高考得益于先生《情绪力》的指导，感恩先生的大爱，提升我们的生命能量，感恩先生的睿智，引领我们走向更加美好的未来！

感　恩

——项项（上海）

● 我又重新翻看了先生写的《情绪力》，这次看又与去年看不同了，我去年花了3个月时间看完这本书时，整个人沉浸在喜悦之中，还让我找到了画画的快乐。人一旦找到了自己喜欢的东西，就停不下来了。可以很纯粹、很自然地为了一件事情而废寝忘食地快乐地做着。那份快乐是无与伦比的，我从来没有过这样的体验，原来我的内心也这样充满着热情，可以做到以往不敢想象的事情。当进入先生这个美丽的世界后，思维非常活泼生动，自然联结到很多很多的点，脑子里充满了各种图画，拿起笔就能画出来，根本不用费神想什么，一切顺利呈现了。

情绪力：从内心开发天地

有时是一个标题，有时是一句话，有时是一个字，还有时是一种感觉。仿佛进入了一个奇妙的世界，无拘无束，海阔天空，快乐地画着，画着画着就忘了时间，不会疲惫。快乐的源泉一直流动着，有使不完的劲儿可以做喜欢的事情，消除了画画之前种种的顾虑，负面情绪没有了，留下的是内心快乐的线条组合。

我以为自己找到了我要的东西了，那么，保持这种状态下去，不就可以做任何事情都没问题了吗？当做完了自己喜欢的事情后，再回到自己工作与学习上的问题时，却出现了偏差。这完全是不同的路径，找不到那种纯粹的喜欢了，于是开始在对立的交战中拉扯着，无力地前行着。时而明白些了，又开始努力前行了；时而又遇挫折，又开始停滞了。走走停停，实在讨厌得很！看到先生提到"活死尸"，我真的深有体会，感觉到巨大的东西笼罩在周围，拖着这具身体前行，劳累不堪。何时才能卸下这些包袱呢？

奇妙的相遇

―― 彦殊（河北）

● 人生之中，大多数人都会遇到发自内心的疑问，比如，人生的意义是什么，或什么是生命。对于这些疑问，外面来的答案是解决不了心头的那种疑惑，这或许是来自生命的提醒。只是被我们一而再，再而三地疏忽了，往往要等受到挫折，才会扪心自问。也或许，心中那个"我"还在责怪他人，从未想过"我"的问题，这样往往会受到更大的挫折或经历更大的痛苦，才会在心底问自己。换种想法吧！痛苦不正是在提醒我们需要改变吗？

有一次，我在工作中失误砸伤了手指，恍然间，心头竟有一种宁静，脱离了日常茫然如同机器人的状态。我看着手指，感受着那丝疼痛，内心却不被疼痛干扰，思绪清清楚楚，想到如果不是这份来自触觉的警醒，我怎么会去调整并保护自己的身体呢？我应该感谢这份痛觉的提醒，而不是抱怨。念头的转变只在这刹那，却影响着心态。

在见到澄海先生前，我看过他的部分书籍，"为什么我们可以吃番茄？因为番茄和我们是不二的生命，假如是完全对立的，番茄不会让我们吃进去，譬如有毒的蘑菇"。生命的对话触碰着内心，心中生出一种不分彼此的感觉。或许，只有经历过，才明白言语背后的感同身受。

回想初次与先生的相遇，家庭的走向便不同了，我也不敢想象如果当时先生不来会是什么后果。先生让我明白生命的真谛，自己始终像那贪玩的孩童，没有去做，不想去承担，亦不敢直面先生。我虽敬畏先生但改变不了那份感情，在心里，先生更像是一位父亲。

第二次见先生时，在座谈中我述说着内心的委屈，先生静静地倾听。说到中途，先生一句"最辛苦的是你的太太"，这让我感到疑惑，杂乱的思绪随着这份疑惑停止，往日的画面也涌现在脑海中。那刻，我仿佛成了旁观者，感受到了"我"对我太太的伤害，也看见了内心根深蒂固的一个"认知"。当发现这个"认知"时，它当场就如冰消雪融般消解了，"我"没有了这份"认知"的支撑。我该何去何从呢？这个时候，我认为是非常重要的时刻，先生书中有一篇《耐心地改变自己》，如果没有新习惯的养成，很快就会依然故我。有过这段经历后，我学会了聆听，常听我太太的意见，并尊重她的意见，她的笑容也逐步回归了。

如果有一天，在工作之中、生活之中，你发现了"我"的问题及背后的种种，那此刻你内心肯定是谦虚的，也恭喜你，在工作、生活中会得到进一步发展！这时再看《情绪力》会有许多亲切之处。这本书在字词间为我们提供了明确的探索方向，避免了人生道路上的兜兜转转，这或许亦是书籍教育的可贵之处。

生而不知，探而求索，方知师道及教育的意义。很幸运能够遇见先生！

掌控情绪际，修行切要时

——法如（昆明）

● 一直以来，我很喜欢谈玄说妙的理论，对先生的《情绪力》一书不怎么重视，觉得讲理的味儿不浓，难解我对深奥道理的渴望。尽管先生多次强调要重视此书，我这颗好理之心依然不为所动。有一天，先生说："某某兄重视该书，才真正懂得佛法。"我开始有所触动，但是再次捧读此书时，依然懵懂，为什么佛法修行一定要落实到调控情绪上来呢？见到本来面目才是头等大事啊！

某日，老师的一句话突然浮上心头，"佛法修行的目的是获得幸福"，我仿佛触了电一样——是呀，哪个菩萨是愁眉苦脸的？如果修行了一辈子，却只得到满肚子学间，每天的生活依旧充斥愤懑与痛苦，这样的投入不是在浪费生命吗？修行如果不能让人在人世间获得幸福，追求其他目标，岂不是虚无缥缈的妄想？我真是冥顽不灵，差点错过宝贝。

重读《情绪力》一书，每一篇的篇幅不大，均为先生谈论过来人修心正行的体会。他以自己的经验叮嘱大家，日常修行应该集中于了解情绪和掌控情绪这个主题上。古代禅宗大师惜墨如金，恪守"不立文字"的传统，对悟后起修的修心经验鲜少记录。今人不察，无由地臆想"一悟即至佛地""佛乃无心人"，自然忽视了情绪和观念的改正功夫和修行法要。先生深知这个弊病，在《情绪力》一书中大篇幅分享培养正面情绪、消除负面情绪的经验，处处指向日常修行的实际操练，一举打开了禅宗封闭了千年的黑箱，一片苦心，不输于祖师大德。

如果开始回转来观察自己，不难发现，我们在一天24小时中，心灵状态时时处于某种"心情"或"情绪"状态中，思考时也不例外。就像我正在写这篇文章的当下，也会在某种情绪的指挥下逐字逐句敲击键盘。哪怕在睡梦中，我们的情绪也没有中断，梦中展露的情绪和个性还是和醒着的时候一样，爱生气的人依然是气鼓鼓的，担心害怕的人仍旧是战战兢兢的。日常生活中常常见到，愤怒时，人们会吼骂出非常难听的字眼，声音变得粗重，语调拔高得又尖又利，一副狰狞的模样，跟平时截然不同。这种被"负面情绪"掌控的状态，在每个人身上都发生过或正在上演。

生活在现代社会的每个人，在工作生活中，遇到的不外乎"人、事、物、理"四种对象。仔细想想，"事和物"极少是情绪的障碍。因为"事和物"不具有让人"不爽"的天然属性，只有人自己才会在某种情绪操控下对该"事和物""不爽"，如最容易牵动文人的"伤春悲秋"和"触景伤情"。我自己也有类似的情绪洼地，每遇到雨天，看着阴沉的天气，想想路上的湿滑，沉郁的感觉就会浮上心头；相反，到了晴天，我的心情就会变得敞亮和兴奋起来。

一次聚会聊天，两位非常熟悉的老友提到，他们最喜欢下雨的天气。我心里觉得讶异，他们接着解释说，当雨水洗干净树叶上的灰尘后,叶片变得新鲜光亮,空气也一同变得清新湿润起来,令人呼吸舒畅。还有,在雨中散步也很有诗意,有种朦胧的美。友人的这番感慨,让我恍然明白,天气哪有错,错在我一直用排斥性的情绪面对它,这不是自己给自己制造难受吗?

当打交道的对象是"人"时,我们就更容易采取"负面情绪"来对待了。很多年来,我对长相上带有某种特征的人,会暗暗在心里给他们归类——纨绔子弟、拈轻怕重、不堪造就。可是因为工作的关系,我时不时要接触到这样子的人。每次他们来办公室找我,表面上我是很客气的,可内心早已泛起讨厌的情绪,巴不得对方赶快离开。当时我不知道的是,这种没有表露的情绪其实对方是能感受到的,我们虽然经常接触,可双方的关系很是冷淡。过了几年,打交道的换了一拨人,"讨厌型"的人也更新换代为另一位仁兄。那年我第一次跟他接触,也不知道出于什么原因,我突然按下心理的厌恶,特意把相处的时间延长,没想到随着谈话的深入,发现他很有想法,也很热情。之后的频繁接触,他的认真、负责,以及时不时迸发的创意点子，让我惭愧：差点错过一个优秀的人才！

这种常见的情绪操控游戏，无声无息地发生在生活的每一刻。"讨厌"的对象可能是"某类人""某种环境或氛围""某种声音或气味"等，但这种情绪引发的后果几乎是一样的。

一开始会在自己身心上引起化学反应，当我们面对的情境是自己不喜欢的场景时，我们会本能地皱起眉头，紧接着心脏处会收缩一股压迫的力量，程度强时还会有针刺感，这时呼吸也变得急促，很想逃离或发脾气。如果这种情绪控制不住，当场宣泄出来，一场冲突在所难免，这就是每天都在发生的人际冲突的流程。如果对方忍住了没有马上给予反击，他会在意识里滋生对抗的情绪，为未来的矛盾爆发埋下引线，这就是常见的结下了梁子或心存芥蒂。我们在工作和生活中制造了很多冲突和阻碍，使我们跟他人的关系变得敌对或疏远，引起不必要的烦恼。

既然人每时每刻都离不开情绪的掌控，那么我们为什么不通过丢掉负面情绪，培植正面情绪来创造幸福的人生

读后感受　掌控情绪际，修行切要时

呢？这是《情绪力》的宗旨，也是修心的阶段性目标。情绪影响我们对待"人、事、物"的态度以及运用"理"的心态，"人、事、物、理"也会引起情绪的波动和后续一系列连锁反应。因此，情绪的质量决定了生活的质量。如何将"负面情绪"和"负向思考"转化成"正面情绪"和"正向思考"，才是护卫我们通达幸福的重点，我想这应该是先生写作此书的用心。

情绪是后天累积而成的，因为"本来无一物"。刚出生的婴孩，除了"饿"和"不舒服"的时候会哭，其他时候都是恬静、安详的。而这种哭声也并不是因为内心痛苦，只是简单的生理反射。在成长过程中，我们在家庭氛围和种种社会环境里，主动或被动地逐步形成了情绪反应模式。面对事情，我们的情绪不是采取"正面情绪"，就是选择"负面情绪"，不管哪种情绪，都会在大脑中刻画相应的神经回路。一种情绪反复出现，对应的神经回路就会变得活跃，面对新情况，我们再次采取这种情绪的可能性就越大，这就是习惯性情绪的生理机制。

这也是先生常说的"人是意识的机器人"的内涵，每个小孩子并没有带着先天的知识、经验和情绪来到人世，却在成长的过程中输入了一套意识进入大脑数据库，成为我们行为活动的依靠，塑造了我们的个性。我们时时刻刻都被情绪回路控制，做出各种反应时，我们不会停下来想一想：这只是我的习惯反应，但并不意味着必须如此，我是不是可以换一种情绪来处理现在的情况呢？这是"90秒钟"情绪转换黄金时间的意义。当我开始明白"习惯的不一定是对的"，我的心理产生了微妙反应，黏着自己的负面情绪就有了脱落的可能。

从小以来，我就害怕被人说不聪明，所以一直自觉地训练自己，面对各种情况，应该要以极快的速度反应才是聪明人的做法。当迅速反应形成模式后，我很少对紧随其后的情绪产生敏感，也在不知不觉中养成了急躁的心态。当这种反应每每被人称赞，我更觉得理应如此。尝到敏捷反应的甜头，我的傲慢之心也随之起来了。当我把观察投向自己身上的这种反应时，我再次看到自己身心上一系列反应，如前面的"厌恶"情绪一样，急切反应的当下是呼吸急促，血液上涌，大脑高速运转，无暇顾及身边其他人的感受，人仿佛被燃烧了，很快感到疲惫，但下一个要处理的情况一来，我又不得不再次提起精神，投入新的战斗。一天下来，人反复地高速运转，被抽干、停歇、再次亢奋，头脑最终变得昏沉，不想说话，厌恶跟人打交道。经过这番观照，我清楚地意识到，这哪里值得骄傲，分明是在折磨自己。心的反应，是最迅速、最直接的因果反馈，因为情绪引发的身心状态是自作自受，当下就能感受到。对于这个时候的难受，我们会把原因推给对方，而没有拿出时间来冷静分析，身心当下的不适感，才是生命给我们的最直接的提示，这才是人人都有的本来智慧。你的情绪反应模式好不好，通过你自己身心上的实时反应就能立马判断出来。我们不需要动脑筋去想，这种状态对不对，身心的舒畅与难受就直接回答了出来，比转动脑筋还快。明白这点，我对先生的感恩之情油然升起。如果不是先生反复叮嘱，我还要死守在合头语中蹉跎，与当下就能获得的幸福失之交臂。

经过持续的观照，发现自己要改正的负面情绪还有很多，而改变不是一蹴而就的，对某个负面情绪的清理过程

情绪力：从内心开发天地

还会反复，但我并不觉得沮丧和漫长。因为这个情绪，也是负面情绪，需要丢掉。如今再次阅读此书，我会把速度放缓，一边理解，一边列出自己的负面情绪清单，对照先生的心得，看看自己还有哪些盲点没有挖掘出来。佛法是直指人心的经验方法，所有道理都应该指归这一关键点。抓住掌控情绪的这个核心，不急不躁地踏实前行，不但可以享受欢畅的人间幸福，也可以沿路回乡，岂不两全其美，这才是佛陀出世的本怀啊！

人生的另一种可能

——玉如（北京）

● 《禅心直指》签售会上，我初次见到了先生。彼时，我在工作和生活上内外交困，身心疲惫难以言喻，状态就像一潭死水，看不到任何希望。原本，参加这次活动对我而言，不过是一件习惯性地陪伴爱人去做的事。

先生进门后，亲切地一一和讲台下的听众握手，态度和蔼谦逊。我与先生素昧平生，但仅看到先生背影的刹那，眼泪就情不自禁地夺眶而出。先生的演讲流畅自然，后面的答疑环节也应对自如，虽然我一句也听不懂，似乎什么都没有记住，但可以感受到那拂面的和煦温暖。我从未想过，能得遇先生——这改变我一生的缘分，让我的人生从此有了光和新生。

情绪——这个负面情绪是非有不可吗？

我的工作是从最基层、最基础的岗位开始做起的。我对待自己的职业认真负责、尽心尽力，而且真的能从中体会到自豪感和成就感。所以，我非常希望各项任务都能踏实地搞懂、仔细地核实、尽责地完成，从而得到高度的评价和良好的口碑。但随着任务越来越紧急、时限越来越短、业务越来越艰深、涉及面越来越广、要求越来越严格、标准越来越高、工作越来越忙，我对耗时的交流、重复的回答和突发的状况，从心底里就产生了抗拒心理。虽然每次解决问题后，我也会非常高兴和满足，但总是避免不了一碰到这些情况就头疼、一张口就抱怨。办公室的隔音不好，能很清楚地听到楼道的声音，因此，当外面有声响时，我心里就开始紧张，后来甚至"练就"了听到声音就能判断是不是来找我的"本领"。

在我浑浑噩噩地经历着这些事情时，先生不厌其烦地嘱咐我们，要反省忏悔，要觉知自己的"第一念"，在微信中、在座谈中、在先生的书里……直到有一天，我像是突然睁开了迷蒙的睡眼，终于听到了先生的教导并付诸实践。在听到声音时，我不再起预设和负面情绪，就那一次，我体会到了前所未有的轻松和快乐。反正事情一旦来了，就必须由我去面对和解决，那我起不起情绪对事情的发生都不会有任何改变；我起了负面情绪对事情的推进和解决完全没有帮助，反而有可能由于负面情绪引发的糟糕态度，使双方产生极大的对立，进而让交流陷入发泄情绪和自证正确的状态，完全丧失客观立场和理性沟通。如果事情一定要做，何不高高兴兴地去做呢？现在我的收获是，面对一天二三十件的待办事项，我能从容不迫地梳理时序，谁还想回到那个崩溃无奈、气急败坏的过去呢？

念头——他的行为一定是这个意思吗？

夏日的早上阳光直射，温度自然不低。我骑着自行车去地铁站，1公里多的路程，停下来时也免不了一身大汗。左边是排成长队等待右转的车流，右边是停在路边车位上的车，我保持着让自己不太累的速度，在非机动车道上边听录音边蹬着车。忽然后面一声尖锐的喇叭声打破了我此刻的怡然自得，我向后望了一眼，是一辆汽车在我身后鸣笛。我回过头来，心中涌起不悦的感觉，也故意没有理睬，继续按原路线、原速度骑着：大热的天，我赶着上班，速度也不算太慢；你一辆机动车在非机动车道上行驶也就算了，还理直气壮地冲正常在非机动车道上骑行的自行车按喇叭，也太过分了；况且，就只剩一个车位的距离，右边就没有停着的车了，等一会儿非机动车道没有骑行了，你再走也不迟吧？

骑过了路边停着的车，我瞥见刚才鸣笛的汽车打着双闪靠了边，停下来等人。

我忽然想到：也许这是网约车，司机赶着接人，生怕超时；也许司机只是提醒我，后面有机动车，请注意安全。顿时，我就为自己最初的负面想法感到羞愧：是我自己首先马上萌生出从负面的角度去揣测别人想法的念头，是我自己抱着傲慢的心理站在道德的制高点上指责别人，是我自己没有通过自他交换去体谅别人的不易。只这一转念而已，我就从理直气壮的对抗状态，变为理解体谅的善意状态；心理也由生气转变为反省。而这即时的转念和反省，先生在《耐心地改变自己》和《人人膝下有黄金》章节中进行了详细阐述。自己只是初步实践就已获得极大助益，而心灵上的收获，又会鼓励我继续前行。

行动——事情必须得这么去做吗？

我从小就很喜欢跳舞，为了弥补求学时无法系统学习舞蹈的遗憾，工作以后，虽断断续续，但还是将这项爱好保留了下来。因为坚持的时间足够长，再加上肢体协调性还不错，我一直在成人班里算得上是优秀的学员，自己还颇引以为傲。因嫌大班进度慢，在爱人的鼓励下，我报了小班的私教课。在大班里全靠同学衬托而自鸣得意的我，到了小班，在专业院校毕业的老师的对比下彻底现了原形。自己最擅长的舞种，4个8拍的动作明明学得很快，但连着跳肯定出错；一个习惯性动作，不注意肯定顺着习惯做，注意了的话其他动作又会出错；明明课下熟悉了套路，一上课却错得一塌糊涂，老师以为课下没练，苦口婆心地劝了又劝；课上又重新教好几遍，结果越想越急、越急越乱、越乱越错，陷入恶性循环。这样下来，花费了小课的钱，不仅学习进度没有如愿提升，而且技巧也没有很大提高，甚至连自信心和积极性都受到了很大打击，一度从期盼着下班跳舞去放松，到绞尽脑汁想借口拖延。恰逢此时有一个比较重要的等级考试，我便以复习为理由，顺势停掉了跳舞。

考试结束，我决定重整旗鼓，细细反思自己在这个事情上为什么会出现问题。一是老师在大课上和小课上的教法不一样，大课人多，需要照顾平均速度和水平，通常课程基础内容多、复习多，往往差不多就行；小课则不然，一对一教学，舞蹈套路教学进度快、重复次数少，而且动作中有什么不熟练或不标准的地方一眼就能看穿，容易出错。二是自己有根深蒂固的思维定式，认为老师教完后，自己不可能当场学会，必须要停下来消化一下、练习几遍，或者必须回家多复习几遍才能学会。三是自己的心理有缺憾和不足，所以不够稳定和抗压，一旦老师指出错误，就会觉得是在批评自己，会忍不住为自己找面子和借口，随之而来的就是急躁情绪，陷入本能恐慌，无法

读后感受　人生的另一种可能

把握新内容的本质，远离了当下的状态，丧失了学习的客观性。

于是，我首先丢开脑子里那个告诉我必须怎样才能学好的声音，它一冒头想拖后腿就无视；其次，专注于当下，让自己的心带着自己去跟随舞蹈，而不要让脑子刻意纠结；再次，紧随老师的步伐和节奏，吸收老师想传授给我的东西，而不要自己主观臆断；最后，摆正心态，虚心学习，警惕辩解。就这样，我踏上了新的学舞旅程。而后，我收获颇丰：我以出乎意料的快速掌握了套路学习，做到了学了就做、错了就改；是让老师都为之讶异的抖动协调性，这种协调性连老师初学时都难以一遍就会；是那些虽经过反复纠正打磨，但最终总能精准领会老师所讲要点的动作。

所以，事情一定非得怎样去做吗？这个深入骨髓的、在你做事情时就出来指手画脚的理念，真的是你自己的想法吗？如果你终于察觉到不是，那么你是否思考过寻根究底，这到底是谁给你灌输的观念呢？

情绪力：从内心开发天地

　　人生在世，诸多无奈。无论是心中常像有一块石头压在那里，不时涌起无名的愤怒而无从开口；还是疲于应对繁复的工作和沉重的生活，觉得逃出生天遥不可及；又或许感到做什么事情都毫无意义，觉得生无可恋、死不足惜；抑或是静下心来的时候想追问自己，从何而来、要到哪儿去，到底什么是终其一生的意义：以上的疑惑或问题，《情绪力》中都给出了线索和答案。

　　先生的慈悲和智慧，对我生活的改变和自身人格的提升显而易见。只要我们在这个纷扰的尘世中真正去践行，便有立竿见影且受用终身的收获。

超越情感,升华生命

——妙雨(重庆)

● 说到修行,我慢悠悠地说:"其实就是尽责任义务,做好一个人该做的本分之事。比如你,是丈夫就得做好丈夫的职责;是父亲就得做一个好父亲,给女儿做一个好榜样;是儿子,那就应当孝敬父母,不让父母担忧、操劳;在单位,那就做好自己的本职工作,踏踏实实,勤奋努力。自己有不好的地方,知道,那就要改;如果别人给你提意见,说明你也有问题、有过错,那就反思自己是否真的没有做好。一切人和事,要力求问心无愧,才能心安理得。你看你,几十年了,还活得这么焦虑,不值得呀。"

从修行聊到日常。他问起何为放生?我说:"放生就是让生命得到快乐。从心灵上帮助其他生命得到解脱，那才是真正意义上的放生。伸出援手，帮人一把，拉人一下；看到对方情绪不好，安慰一下，开导一下，送他一个微笑，让对方重拾信心；路上碰到爬行的动物，把它们轻轻地挪到路边，不被行人伤害；看到猫猫狗狗，可以和它们互动，让它们感受这个世间还有温暖，至少做到不伤害、不虐待。这些都是放生。当然，寺院组织的放生，也是放生，那是有目的的，宣传重于实质，不算真正的放生。而修行的最高境界，是万物一如，自然慈悲。"

听着我娓娓道来，他不由得真心地说："佩服，看来我是错了。"我笑着说："我也不是完人，我也有错呀。哪个人没有错？所以才需要修正。佛教说是忏悔，儒教说是反省。其实都是一个意思，那就是不断改过迁善，臻于完美。"

我们聊着聊着，已是华灯齐上，璀璨光华。时间不早了，既然不留下，我便催促着他快走。这次来，解决了他人生的一个大问题，彼此之间能坦诚面对而无私情，真好呀。我们相互加了微信，我计划推荐给他读的文章和关注的公众号，都安排好了。他也愿意学习。那就是两厢情愿，终有所成。太棒啦！

他开着车，我送了他一段路。但送君千里，终有一别呀。我们轻轻地相拥，紧紧地相握双手，彼此祝福，要努力再努力，不辜负此生时光，方得自在快乐。